W0030503

BASTEI
LÜBBE

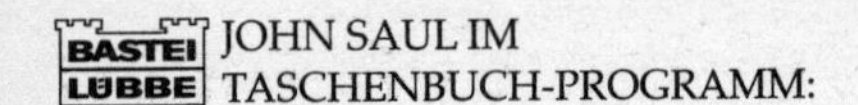

JOHN SAUL IM
TASCHENBUCH-PROGRAMM:

DIE BLACKSTONE CHRONIKEN

13 970 Band 1 Die Puppe
13 971 Band 2 Das Medaillon
13 981 Band 3 Der Atem des Drachen
13 990 Band 4 Das Taschentuch
14 136 Band 5 Das Stereoskop
14 146 Band 6 Das Irrenhaus

Die Blackstone Chroniken

Teil 2

JOHN SAUL

Das Medaillon

Ins Deutsche übertragen
von Joachim Honnef

BASTEI LÜBBE TASCHENBUCH
Band 13 971

Erste Auflage: Mai 1998

Deutsche Lizenzausgabe 1998 by
Bastei-Verlag Gustav H. Lübbe GmbH & Co.,
Bergisch Gladbach
Originaltitel: The Blackstone Chronicles, Part 2
Twist of Fate: The Locket
Lektorat: Vera Thielenhaus
Titelbild: Hankins & Tegenborg Ltd., New York
Umschlaggestaltung: QuadroGrafik, Bensberg
Satz: Fotosatz Steckstor, Rösrath
Druck und Verarbeitung:
Brodard & Taupin, La Flèche, Frankreich
Printed in France
ISBN 3-404-13971-2

Der Preis dieses Bandes versteht sich einschließlich der gesetzlichen Mehrwertsteuer

Für Linda,
mit Umarmungen und Küssen

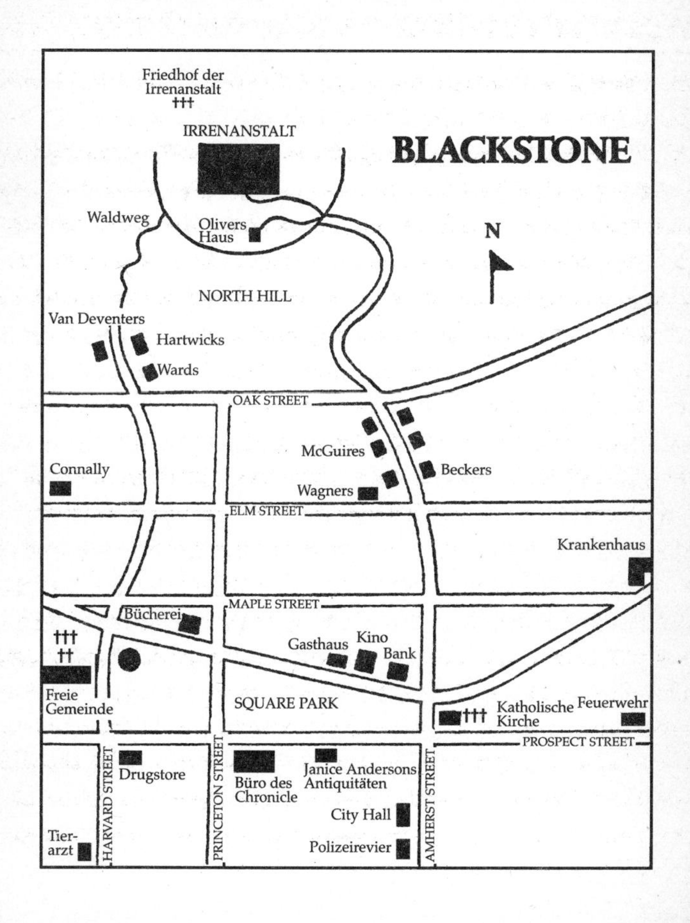

Friedhof der
Irrenanstalt
IRRENANSTALT
BLACKSTONE
Waldweg
Olivers
Haus
N
NORTH HILL
Van Deventers
Hartwicks
Wards
OAK STREET
McGuires
Beckers
Connally
Wagners
ELM STREET
Krankenhaus
MAPLE STREET
Bücherei
Gasthaus
Kino
Bank
Freie
Gemeinde
SQUARE PARK
Katholische
Kirche
Feuerwehr
PROSPECT STREET
Drugstore
Büro des
Chronicle
Janice Andersons
Antiquitäten
City Hall
Polizeirevier
Tier-
arzt
HARVARD STREET
PRINCETON STREET
AMHERST STREET

Der Vollmond stand hoch am Nachthimmel über Blackstone und tauchte die Mauern der alten Irrenanstalt auf dem North Hill in einen silbrigen Schimmer, der selbst durch die dicke Schmutzschicht auf den Fensterscheiben drang, so daß die staubigen Räume mit schwachem Licht übergossen wurden. Die dunkle Gestalt, die durch diese Räume schlich, brauchte zwar kein Licht, um sich zurechtzufinden, aber der Mondschein erlaubte ihr, dann und wann innezuhalten und den Erinnerungen nachzuhängen, die mit diesem Ort für sie verbunden waren; lebendige Erinnerungen. Bilder, die so scharf und klar waren, als wären die Ereignisse, für die sie standen, erst gestern geschehen. Die Gestalt war ihr Bewahrer, auch wenn die gleichen Erinnerungen für die wenigen Leute in Blackstone verblaßt waren, die sie vielleicht mit ihr teilten.

Und diese Kammer, in deren Regalen Erinnerungsstücke lagerten, war ihr Heiligtum, ihr Museum, dem sie etwas Neues hinzugefügt hatte.

Es war ein altes Protokollbuch, das die dunkle Gestalt in einem der Lager im Keller entdeckt hatte. Es war in verblaßtes rotes Leder gebunden, ein Band, wie er in der Vergangenheit benutzt worden war, um alle Einzelheiten der Ereignisse im Leben der Irrenanstalt aufzuzeichnen. Die Gestalt nahm das Buch aus dem Regal der quadratischen Kammer und strich mit der sinnlichen Zärtlichkeit über den Einband, mit der ein Mann über die Haut einer schönen Frau streichelt. In der Hoffnung, daß er köstliche Erinnerungen enthielt, die selbst ihrem scharfen Verstand entgangen waren, hatte die dunkle Gestalt schließlich den Band aufgeschlagen, doch sie war bitter enttäuscht worden: Die vergilbten Seiten waren leer. Dann war die Enttäuschung in prickelnde Aufregung übergegangen. Es gab einen neuen Verwendungszweck für das Buch, einen wichtigen.

Eine Chronik!

Eine Chronik mit Berichten über den Wahnsinn, der über die Stadt hereingebrochen war, die die Gestalt verächtlich zurückgewiesen hatte.

Als die dunkle Gestalt jetzt im schwachen Mondschein in der Kammer kauerte, öffnete sie das Buch und las noch einmal die beiden Zeitungsartikel, die sie ausgeschnitten und sorgfältig auf die vergilbten Seiten geklebt hatte.

Der erste Artikel beschrieb den Selbstmord von Elizabeth Conger McGuire, die sich nach der Fehlgeburt – und dem Tod – ihres Sohnes ihrer Verzweiflung überlassen hatte.

Nirgendwo in dem Zeitungsartikel wurde die schöne Puppe erwähnt, die nur ein paar Tage vor Elizabeth' Tod bei den McGuires eingetroffen und in das Haus zurückgekehrt war, aus dem sie vor so vielen Jahren ein Kind in die Irrenanstalt getragen hatte, das diesen Ort nie wieder verlassen hatte.

Der zweite Artikel, liebevoll in das Album geklebt, war drei Tage später erschienen. Er berichtete über die Beerdigung von Elizabeth McGuire und zählte all die Leute auf, die auf dem Friedhof gewesen waren, um sie zu betrauern.

Leute, die bald selbst betrauert werden würden.

Die dunkle Gestalt klappte das Buch zu, streichelte wieder liebevoll über den Einband und erbebte vor Erwartung, als sie sich die Geschichten vorstellte, die das Album bald enthalten würde.

Dann, als der Mond unterging und Schatten über die alten Mauern krochen, berührte die Gestalt von neuem den Gegenstand, den sie als nächstes verschenken wollte.

Das schöne herzförmige Medaillon, das eine Haarlocke enthielt ...

Prolog

»Lorena.«

Es war nicht ihr richtiger Name, aber sie mochte ihn. Wenigstens für heute würde es ihrer sein.

Möglicherweise würde sie ihn morgen abermals benutzen, vielleicht aber auch nicht.

Und kein Nachname. Niemals ein Nachname.

Nicht einmal einen erfundenen.

Zu leicht konnte ein Fehler begangen werden, wenn ein Nachname benutzt wurde. Man konnte unabsichtlich die richtigen Initialen verwenden und sich verraten. Nicht, daß Lorena jemals einen solchen Fehler begehen würde, denn seit sie hergekommen war, hatte sie keinen Vornamen verwendet, der mit dem Buchstaben ihres richtigen Vornamens begann.

Sie hatten ihr gesagt, es sei ein Krankenhaus, aber als sie die Mauern gesehen hatte, war ihr klar gewesen, daß dies eine Lüge war. Es war ein Gefängnis – und daß die Aufseher wie Ärzte und Krankenschwestern gekleidet waren, hatte Lorena nicht täuschen können. Es hatte auch die Leute nicht täuschen können, die sie beobachtet hatten. Sie waren bereits dort und erwarteten sie. Von dem Moment an, in dem sie durch das Eichenportal geschritten und es hinter ihr zugefallen war – sie eingesperrt hatte –, hatte sie die Blicke dieser Leute auf sich gespürt.

Im Laufe der Monate hatte Lorena jedoch selbst einige Tricks entwickelt. Sie hatte ihren richtigen Namen niemals laut ausgesprochen; sie hatte sogar geübt, nicht mal daran zu denken, denn einige ihrer Feinde hatten gelernt, ihre Gedanken zu lesen. Sie hatte sich angewöhnt, nichts zu tun, was die Aufmerksamkeit auf sie lenken würde, und sie hatte sich kaum bewegt und nie gesprochen.

Die meiste Zeit über saß sie einfach auf dem Stuhl. Es war ein häßlicher Stuhl, ein schrecklicher Stuhl, bezogen mit einem scheußlichen grünen Material, das sich klebrig anfühlte, wenn sie es berührte, was sie tunlichst vermied. Dieses klebrige Material enthielt vielleicht irgendein Gift, mit dem ihre Feinde sie umbringen wollten. Sie überlegte, ob sie sich einen anderen Stuhl suchen sollte, doch damit würde sie nur verraten, daß sie durchschaut hatte, was sie vorhatten. Dadurch würde sie ihre Feinde nur ermutigen, etwas anderes zu versuchen.

Lorena saß perfekt still. Die kleinste Bewegung, sogar ein Blinzeln, konnte sie fast so schnell verraten wie die Preisgabe ihres richtigen Namens. Einige von ihnen hatten sie so lange beobachtet, daß sie bestimmt an der kleinsten Geste erkannt werden konnte.

An der Art, wie sie ihr Haar aus dem Gesicht zurückstrich.

An der Art, wie sie den Kopf neigte.

Ihre Feinde waren überall. Und immer noch kamen neue.

Sie war stets vorsichtig, wurde niemals unachtsam, und das war belohnt worden: Heute hatte sie einen neuen Feind entdeckt.

Diesmal war es eine gutgekleidete Frau – genau der Typ, der vorgab, ihre Freundin zu sein, damals in den

Tagen, bevor sie die Verschwörung durchschaut hatte. Diese Frau war jünger als sie, vierzig, mit langem schwarzem Haar, das sie zu einem kunstvollen Knoten am Hinterkopf hochgesteckt hatte. Sie trug ein mitternachtsblaues Seidenkleid. Lorena erkannte sofort den besonderen Schnitt und das Flair, das nur von Monsieur Worth in Paris kommen konnte. Lorena war selbst in seinem Salon eingekleidet worden, als sie vor Jahren auf der Lusitania *nach Europa gereist war, bevor diese von den Feinden versenkt worden war.*

Die Frau sprach mit dem Wärter, der immer noch so tat, als wäre er ein Arzt, obwohl Lorena deutlich zu verstehen gegeben hatte, daß sie genau wußte, wer er in Wirklichkeit war. Dauernd blickte die Frau in ihre Richtung. Jedesmal fragte sich Lorena, ob die da wirklich so dumm war, zu denken, sie würde es nicht bemerken.

Wieder ein verstohlener Blick.

Lorena spürte die vertraute Furcht in sich aufsteigen. Sie beobachteten sie, sprachen über sie. Trotz der Farce, die sie spielten – als hätten sie nur Blicke füreinander –, konnten die beiden sie nicht täuschen.

Sie beobachteten sie nicht nur.

Sie planten auch eine Verschwörung gegen sie.

Eine Verschwörung, und Lorena würde sie nicht – konnte sie nicht – geschehen lassen.

Der Blick der Frau schweifte nervös zu der Patientin, die im Tagesraum saß und wie erstarrt wirkte, seit sie und der Arzt hereingekommen waren, um ein paar

Minuten miteinander allein zu sein. Als der Arzt der Frau vorgeschlagen hatte, freiwillig ein paar Stunden pro Woche als Helferin in der Anstalt zu verbringen, hatte ihr die Idee überhaupt nicht gefallen. Sie sprach mit niemandem darüber, aber sie hatte immer ein wenig Angst vor dem unheimlichen Gebäude auf dem North Hill gehabt. Aber je mehr sie über den Vorschlag nachgedacht hatte, desto größer war die Überzeugung geworden, daß ihr Geliebter recht hatte – eine freiwillige Helferin würde niemand fragen, weshalb sie hier heraufgekommen war. Ihr Ehemann würde nicht hinter ihr Verhältnis mit dem Arzt kommen, und ihre Freundinnen würden von der richtigen Fährte abgelenkt werden.

Wie fast an jedem Tag, seit das Verhältnis vor einem Monat begonnen hatte, war sie auch heute den Hügel hinaufgekommen, um ihre Dienste anzubieten. Sie hatte mit einigen Patienten geredet, einem gestörten kleinen Jungen eine Geschichte vorgelesen und mit einem depressiven alten Mann Karten gespielt. Und die ganze Zeit über hatte sie auf ihren Geliebten gewartet. Dann war er endlich aufgetaucht, hatte sie zärtlich am Arm ergriffen und über die Flure geführt, bis sie schließlich in diesen Raum gelangt waren, in dem sich außer der Frau auf dem Stuhl niemand aufhielt.

»Sie bekommt nicht mal mit, daß wir hier sind«, versicherte ihr der Doktor, legte die Arme um sie, zog sie an sich und küßte sie auf den Hals. Trotz ihrer wachsenden Erregung zog sich die Frau zurück und blickte zu der Patientin auf dem Stuhl.

»Was hat sie?« fragte sie. »Warum bewegt sie sich nicht? Sie sitzt da wie eine Statue.«

»Sie hat Verfolgungswahn.« Er warf einen Blick zu der Patientin. »Sie meint, wenn sie stillsitzt, können ihre ›Feinde‹ sie nicht sehen.« Er griff in die Tasche seines Arztkittels und zog ein kleines Etui heraus. »Ich habe etwas für dich.« Er drückte ihr das Etui in die Hand. »Etwas, um unser Zusammensein zu feiern.«

Die Frau blickte auf das hellblaue Etui und erkannte sofort, woher es stammte. Ihr Herz schlug schneller, als sie die weiße Seidenschleife löste und den Deckel des Etuis anhob. Das Etui war mit Samt ausgeschlagen, und darin lag ein winziges Medaillon.

Es war herzförmig, und der silberne Deckel war filigran verziert. Als die Frau den winzigen Haken öffnete und das Medaillon aufsprang, sah sie unter dem Glas, unter das auch ein winziges Foto gepaßt hätte, eine Haarlocke.

Der Doktor nahm der Frau das Medaillon aus der Hand, hakte das Kettchen los, und als sie sich umwandte, legte er ihr es um den Hals und schloß es. Sie wandte sich ihm wieder zu, und er preßte die Lippen auf ihren Hals.

In der Frau wallte die Hitze des Verlangens auf, und sie schloß die Augen.

Lorena beobachtete alles – sah sie miteinander flüstern, nahm wahr, wie sie zu ihr blickten und von neuem miteinander tuschelten. Sie sah, daß die Frau das Etui öffnete, das Medaillon herausnahm und öffnete. Als der ›Arzt‹ es der Frau mit dem Kettchen um den Hals hängte, wußte Lorena plötzlich, was das silberne Herz enthielt.

Lügen.

Das Medaillon war mit Lügen über sie gefüllt, Lügen, die von der Frau bei ihren Feinden verbreitet werden würden.

Als sich der ›Arzt‹ von neuem zu der Frau neigte, um ihr etwas ins Ohr zu flüstern, sprang Lorena vom Stuhl auf und rannte durch den Raum, und bevor die Frau reagieren konnte, schossen Lorenas Hände auf sie zu und zerrten ihr mit einem Ruck das Medaillon vom Hals, wobei das dünne Silberkettchen zerriß.

Lorena wich zurück, hielt das Medaillon fest umklammert in der Hand und beobachtete die beiden wachsam, um zu sehen, was sie tun würden.

Der ›Arzt‹ bewegte sich auf sie zu. »Gib mir das«, sagte er ruhig und streckte die Hand aus.

Lorena wich weiter zurück und packte das kleine Medaillon noch fester.

»Was will sie damit?« hörte sie die Frau fragen.

Als der ›Arzt‹ wieder einen Schritt auf sie zutrat, wich Lorena zurück, bis sie mit dem Rücken an die Wand stieß. Dann schob sie sich seitwärts an der Wand entlang, bis es nicht mehr weiter ging. Sie war in der Falle und beobachtete, wie der ›Arzt‹ sich näherte. Ihr Blick irrte hin und her, suchte nach einem Fluchtweg, aber es gab keinen. Der ›Arzt‹ streckte abermals die Hand aus, aber Lorena, weitaus schlauer als er, wußte bereits, was sie tun mußte.

Bevor sich seine Hand um ihr Handgelenk schließen und ihr das kleine Medaillon abnehmen konnte, führte sie die Hand zum Mund.

Und verschluckte das Medaillon.

»Das hättest du nicht tun sollen«, hörte sie den ›Arzt‹ sagen, aber das machte nichts, denn jetzt war das Medaillon sicher außerhalb seiner Reichweite.

Lorena wußte, daß sie gesiegt hatte, und sie begann zu lachen. Ihr Gelächter wurde immer lauter und schriller und hallte durch den Tagesraum. Es verstummte erst, als drei ›Krankenpfleger‹ auftauchten und sie einkreisten. Aus Lorenas Gelächter wurde plötzlich ein Schrei des Entsetzens.

Sie waren in einem Raum im Kellergeschoß der Irrenanstalt. Er war mit einem Metalltisch ausgestattet. Über dem Tisch hing eine grelle Lampe.

Die Krankenpfleger, die die Patientin auf den Tisch geschnallt hatten, waren verschwunden. Als die Frau jetzt in die entsetzten Augen der Patientin blickte, wünschte sie, heute nicht hergekommen zu sein.

Sie wünschte, sie hätte den Arzt überhaupt nie kennengelernt.

»Vielleicht solltest du draußen warten«, sagte er.

Ohne eine Antwort zu geben, ging die Frau zur Tür, doch bevor sie den Raum verließ, wandte sie sich noch einmal um und blickte zurück.

Ein Skalpell schimmerte in der Hand ihres Geliebten.

Die Frau ging schnell hinaus und zog die Tür zu,

als könnte das aus ihrer Erinnerung löschen, was sie gesehen hatte. Aber der Schrei, den sie einen Augenblick später hörte, brannte sich für immer in ihrem Gedächtnis ein.

Dem ersten Schrei folgte ein zweiter und dann ein weiterer, und für einen Moment war die Frau überzeugt, daß jemand auftauchen und die Treppe am Ende des Flurs herunterstürmen würde, um zu verhindern, was auch immer hinter der geschlossenen Tür passierte.

Aber keiner kam. Langsam verklangen die Schreie, und es folgte Totenstille.

Schließlich, als sie glaubte, die unheimliche Stille nicht mehr ertragen zu können, wurde die Tür geöffnet, und der Arzt kam heraus. Bevor er die Tür hinter sich zuzog, erhaschte die Frau einen Blick in den Raum dahinter. Die Patientin lag mit grauem Gesicht angeschnallt auf dem Operationstisch.

Ihre Augen, weit aufgerissen und leblos, schienen die Frau anzustarren.

Blut quoll aus ihrem aufgeschnittenen Bauch und rann zum Rand des Tisches, um auf den Boden hinabzutropfen, auf dem sich eine rote Lache bildete.

Die Tür wurde geschlossen.

Der Arzt drückte der Frau das Medaillon in die Hand, das noch warm vom Körper der Patientin war.

Die Frau starrte eine Weile auf das Medaillon. Dann ließ sie es fallen. Sie warf sich herum und taumelte die Treppe hinauf, ohne zurückzuschauen.

Als sie fort war, hob der Arzt das Medaillon auf, wischte es sauber und steckte es in seine Tasche.

1

Es gab nichts an der First National Bank von Blackstone, das Jules Hartwick nicht liebte. Es war eine leidenschaftliche Liebe, die begonnen hatte, als er sehr klein gewesen war und sein Vater ihn zum ersten Mal in die Bank mitgenommen hatte. Die Erinnerung an diesen ersten Besuch war während des halben Jahrhunderts, das seither vergangen war, in ihm lebendig geblieben. Sogar jetzt entsann sich Jules an die Ehrfurcht, mit der er als Dreijähriger das glänzend polierte Walnußholz der Schreibtische und die großen, grün geäderten Marmorplatten all der Schalter bewundert hatte.

Aber die deutlichste Erinnerung an diesen Tag – schärfer als jede andere – war die Faszination, die er verspürt hatte, als er die große Tür zum Tresorraum offen gesehen hatte. Durch ein Glasfensterchen in der Seite der Tür hatte er deutlich den komplizierten Schließmechanismus sehen können. Jedes glänzende Messingteil hatte ihn begeistert, und immer wieder hatte er Miss Schmidt, die bis zu ihrem Tod die Sekretärin seines Vaters gewesen war, gebeten, die Kombination einzustellen, damit er beobachten konnte, wie sich die Zahnräder drehten und sich die Hebel und Stifte des Mechanismus bewegten und funktionierten.

Ein halbes Jahrhundert später hatte sich nichts

verändert. Die Bank (irgendwie schrieb Jules im Geiste das Wort stets in Großbuchstaben) hatte sich nicht verändert. Einige der Marmorplatten waren angeschlagen, und das Walnußholz hatte ein paar Kerben abbekommen, aber die Kassenschalter waren immer noch mit denselben dürftigen Messingstäben vergittert, die wenig Sicherheit, doch viel Atmosphäre boten, und die große Tür zum Tresorraum stand immer noch den ganzen Tag offen und erlaubte den Bankkunden den gleichen Blick auf die Schönheit ihres Innenlebens wie Jules an diesem längst vergangenen Tag. Wenn er gezwungen worden wäre, zu sagen, ob er ohne seine Frau oder ohne die Bank besser leben könnte, ihm wäre die Entscheidung schwergefallen. Nicht, daß er oft darüber nachgedacht hätte – bis vor ein paar Wochen die Buchprüfer der Zentralbank beunruhigende Fragen über die Kreditvergabe der Bank gestellt hatten.

Als er jetzt mit Ed Becker in seinem Büro saß und sich auf die Worte des Anwalts zu konzentrieren versuchte, fiel sein Blick auf den Terminkalender auf dem Schreibtisch und die kleine Notiz für den heutigen Abend: ›Dinnerparty für Celeste und Andrew.‹

Es war eine Feier, auf die er sich seit Wochen freute, seit Andrew Sterling offiziell um die Hand seiner Tochter angehalten hatte. Das war genau die liebenswerte, altmodische Geste, die Jules von Andrew erwartete, der seit fast fünf

Jahren in der Bank arbeitete und vom Kassierer zum Leiter der Kreditabteilung aufgestiegen war. Was er sich nicht nur durch seine Leistungen bei der Arbeit verdient hatte – die beträchtlich waren –, sondern auch dadurch, daß Andrew wie Jules selbst die altmodische Art des Bankwesens vorzog.

»Ich weiß, es ist eine Methode, die von den Wirtschaftsschulen nicht gebilligt wird«, hatte er zu Jules gesagt, als sie über die Beförderung zu seinem jetzigen Job gesprochen hatten, »aber ich finde, daß es weitaus bessere Möglichkeiten gibt, den Wert eines Menschen zu erkennen, als seinen Kreditantrag.«

Das war genau die Philosophie, mit der die Hartwicks die Bank von Blackstone gegründet hatten, und sie bestätigte Jules' Einschätzung, daß Andrew absolut der Richtige für die Leitung der Kreditabteilung war, obwohl er erst vor fünf Jahren sein Studium abgeschlossen hatte.

Heute abend sollte die Verlobung von Andrew und Celeste offiziell verkündet werden, doch Jules nahm an, daß es nur wenige Leute in Blackstone gab, die nicht bereits davon wußten. Die Verlobung seiner einzigen Tochter mit diesem tüchtigen jungen Mann war der Zuckerguß auf Jules Hartwicks Kuchen. Noch ein paar Jahre, dann konnte er vielleicht erwägen, in den Ruhestand zu treten, mit dem Wissen, daß die Führung der Bank in Andrews fähigen Händen lag und er ein Familienmitglied war.

Die Kontinuität der First National Bank von Blackstone würde gesichert sein.

»Jules?« Ed Beckers Stimme riß den Bankier aus seinen Tagträumen. Als Jules vom Terminkalender zu seinem Anwalt aufblickte, sah er dessen besorgten Blick.

»Geht es Ihnen gut, Jules?«

»Es würde mir viel bessergehen, wenn wir diese Buchprüfung hinter uns hätten«, erwiderte Hartwick und neigte sich vor. »Wir haben heute abend eine kleine Feier. Es sollte einer der glücklichsten Abende meines Lebens sein, und nun wird er dadurch verdorben.« Er wies auf einen Stapel von Papieren, der auf dem Schreibtisch lag. Die Buchprüfer hatten etwas an der Vergabepraxis von fast hundert Krediten auszusetzen – und sie prüften immer noch. Jules sah noch kein Licht am Ende des Tunnels.

»Aber wenn man es genau betrachtet, ist es nur ein Ärgernis«, sagte Ed Becker. »Ich habe jeden dieser Kredite überprüft und nichts Illegales an irgendeinem gefunden.«

»Und Sie werden auch nichts finden«, erwiderte Jules Hartwick. Er faltete die Hände auf dem Schreibtisch. »Vielleicht waren Sie ein wenig zu lange dort unten in Boston«, sagte er mit einem Lächeln.

Becker grinste. »Ungefähr fünf Jahre zu lange«, stimmte er zu. »Aber wer hätte gedacht, daß ich diese Typen nicht mehr ertragen können würde – wie haben Sie sie bezeichnet?«

»Rattenpack«, sagte Jules Hartwick wie aus der Pistole geschossen. »Und das trifft den Nagel auf den Kopf, Ed. Das waren Mörder und Vergewaltiger und Gangster. Ich werde nie verstehen, weshalb Sie ...«

Ed Becker hob protestierend eine Hand. »Ich weiß, ich weiß. Aber jeder hat ein Recht auf Verteidigung, ganz gleich, was man von ihm denken mag. Und ich habe als Verteidiger gut verdient, nicht wahr? Und ich habe die Sache aufgegeben, bin heimgekehrt und habe eine nette, ruhige kleine Praxis eröffnet, in der ich nichts Schlimmeres als einen gelegentlichen Scheidungsfall übernehmen muß. Aber Sie, Jules, wissen vermutlich mehr über Wirtschaftsrecht als ich. Feuern Sie mich, oder unterrichten Sie mich. Warum sind Sie besorgt wegen dieser Sache? Wenn wirklich nichts Illegales an irgendeinem dieser Kredite dran ist, warum machen Sie sich dann deswegen verrückt?«

Jules Hartwick lachte kurz und freudlos. »Wenn dies keine Privatbank wäre, dann würde mich das überhaupt nicht jucken. Und vielleicht habe ich in all diesen Jahren die Dinge falsch gesehen. Vielleicht hätte ich an eine der großen überregionalen Banken verkaufen sollen. Gott weiß, daß Madeline und ich dann weitaus reicher wären als heute.«

»Ich habe Konteneinsicht gehabt, Jules, erinnern Sie sich?« warf der Anwalt ein. »Sie nagen nicht gerade am Hungertuch.«

»Und ich habe keine paar hundert Millionen abgesahnt wie viele Banker, die ich nicht beim Namen nennen will«, entgegnete Hartwick, und die letzte Spur von guter Laune verschwand aus seiner Stimme. »Ich habe stets das Gefühl gehabt, daß dies mehr als nur eine Bank ist, Ed. Für mich, meinen Vater und meinen Großvater war diese Bank eine Verantwortung. Wir haben nie gedacht, daß sie nur für uns existiert. Daß sie einfach ein Geschäft ist wie jedes andere. Diese Bank war stets ein Teil der Gemeinde. Ein lebenswichtiger Teil. Und um Blackstone im Laufe der Jahre am Leben zu halten, habe ich viele Kredite vergeben, die manch anderer Bankier niemals gewährt hätte. Aber ich kenne die Leute, denen ich Geld leihe, Ed.« Er nahm ein Blatt von dem Stapel auf seinem Schreibtisch. »Das sind keine faulen Kredite.«

Der Anwalt sah den Bankier an. »Dann brauchen Sie sich keine Sorgen zu machen, oder? Das klingt, als sollten Sie den Prüfern geben, was sie verlangen, bevor Sie unter Strafandrohung vorgeladen werden.«

Hartwick wurde blaß. »Ist schon von einer Vorladung die Rede?«

»Ja, natürlich.«

Hartwick stand auf. »Ich werde darüber nachdenken«, sagte er, aber sein Tonfall verriet Widerwillen. In dem Material, das die Prüfer sehen wollten, würden sie keinerlei Hinweise auf ein kriminelles Verhalten seinerseits finden. Aber statt dessen konnte es von jemandem benutzt werden, der beweisen wollte, daß seine Methoden bei der Leitung der Bank nicht immer mit den Maßstäben übereinstimmten, die gegenwärtig als vernünftig betrachtet wurden. Das konnte leicht das Gleichgewicht im Vorstand stören und vielleicht eine Mehrheit endgültig davon überzeugen, daß es an der Zeit war, die First National Bank von Blackstone – wie praktisch jede andere kleine Privatbank im Land – an eine der überregionalen Großbanken zu verkaufen.

Wenn das geschah, so reich er dadurch auch werden würde, dann würde er die eine Sache verlieren, die er am meisten liebte.

Das würde Jules Hartwick unter keinen Umständen zulassen.

Er würde einen Weg finden, um seine Bank – und sein Leben – so zu erhalten, wie sie waren.

Oliver Metcalf betrachtete sich noch einmal im Spiegel. Es war Jahre her, daß er das letzte Mal vor einem Abendessen eine Krawatte umgebunden hatte – nur in den nobelsten Restaurants in Boston und New York war das noch Vorschrift –, aber Madeline Hartwick hatte darauf bestanden. Das heutige Abendessen würde ein nostalgischer Ausflug in die Vergangenheit werden – alle weiblichen Gäste wurden im eleganten Kleid und alle Männer mit Jackett und Krawatte erwartet. Da er so gut wie jeder andere wußte, daß heute abend Celeste Hartwick und Andrew Sterling ihre Verlobung bekanntgeben würden, erfüllte er gerne die Bekleidungsvorschriften. Seine Krawatte – die einzige, die er besaß – war ein wenig altmodisch, und sogar sein Tweedjackett, das er beim Kauf sehr passend für den Verleger einer Zeitung gefunden hatte, kam ihm nach zwanzig Jahren ein wenig schäbig vor. Aber beides sollte noch durchgehen, und wenn Madeline sticheln sollte, wie eine Ehefrau Wunder bei der Auswahl und Pflege seiner Kleidung bewirken konnte, würde er einfach lächeln und damit drohen, Andrew Celeste auszuspannen.

Oliver verließ das Haus und überlegte, ob es zu kalt war, um über das Gelände der ehemaligen Irrenanstalt und über den Pfad zu gehen, der sich durch den Wald bis zur oberen Harvard Street wand, wo die Hartwicks wohnten. Dann erinnerte er sich, daß er das Geschenk für Celeste und Andrew in seinem Büro vergessen hatte, und er gab jeden Gedanken daran, zu Fuß zu gehen, auf und stieg in seinen Wagen – ein Volvo, der fast ebenso alt war wie sein Tweedjackett.

Fünf Minuten später parkte er in einer Parklücke vor dem *Blackstone Chronicle* und ließ den Motor laufen, während er in sein Büro eilte und das Geschenk holte: ein antikes Silbertablett, das er am vergangenen Wochenende in einem Laden entdeckt hatte und das heute nachmittag von Lois Martin, seiner Stellvertreterin und Layouterin, neu eingewickelt worden war. Oliver spähte in die große Tragetasche, in die Lois das Geschenk gesteckt hatte, und mußte zugeben, daß sie das Tablett viel besser verpackt hatte als er: Das übriggebliebene Weihnachtspapier, das er benutzt hatte, war von ihr durch ein silbernes und blaues Geschenkpapier mit Hochzeitsglocken ersetzt worden, und trotz der lästigen ovalen Form des Tabletts gab es keine überstehenden Kanten bei der Verpackung. Er bedankte sich mit einer schnellen Notiz, die Lois am Morgen als erstes finden würde, schloß die Bürotür hinter sich ab, stieg in den Wagen und fuhr zur Harvard Street. Als er abbremste, um wenigstens so zu tun, als beachte er das Stoppschild an der nächsten Ecke, sah er Rebecca Morrison aus der Bücherei kommen. Er fuhr zum Straßenrand und hielt an.

»Soll ich Sie mitnehmen?« fragte er.

Rebecca wirkte fast bestürzt über sein Angebot, aber sie kam zum Wagen. »Oh, Oliver, es ist ein so großer Umweg für Sie. Ich kann zu Fuß gehen.«

»Es ist überhaupt kein Umweg für mich«, sagte Oliver und öffnete die Beifahrertür. »Ich fahre zu den Hartwicks.«

Rebecca stieg ein. »Gehen Sie zu dem Abendessen?«

Oliver nickte. »Sie auch?«

»O nein«, sagte Rebecca hastig. »Tante Martha sagt, ich soll nicht zu solchen Anlässen gehen. Sie sagt, ich könnte etwas Falsches sagen.«

Oliver blickte zu Rebecca, deren Gesicht, weich beleuchtet vom Schein der Straßenlampen, trotz der wenig freundlichen Worte, die sie wiedergab, völlig heiter und gelassen wirkte.

»Was sollen Sie laut Martha denn tun?« fragte Oliver. »Den Rest Ihres Lebens zu Hause mit ihr verbringen?«

»Tante Martha ist sehr gut zu mir gewesen, seit meine Eltern gestorben sind«, erwiderte Rebecca. Obwohl sie geschickt einer Antwort ausgewichen war, hörte er nicht die geringste Spur von Unzufriedenheit in ihrer Stimme.

»Sie haben trotzdem ein eigenes Leben«, sagte Oliver.

Rebecca lächelte wieder freundlich. »Ich habe ein wundervolles Leben, Oliver. Ich habe meinen Job in der Bücherei, und ich habe Tante Martha als Gesellschaft. Ich kann mich jeden Tag glücklich preisen.«

»Das hat Tante Martha gesagt, nicht wahr?« fragte Oliver. Martha Ward, deren jüngere Schwester Rebeccas Mutter gewesen war, hatte sich seit dem Tod ihres Mannes vor fünfundzwanzig Jahren tief in ihre Religion zurückgezogen. Ihr einziges Kind, Andrea, hatte das Haus an seinem achtzehnten Geburtstag verlassen. Nur ein paar Monate nach Andreas Auszug waren Rebeccas Eltern bei einem Autounfall ums Leben gekommen, der Rebecca fast ebenfalls getötet hätte. Tante Martha hatte ihre junge Nichte sofort bei sich aufgenommen. Und jetzt, zwölf Jahre später, war Rebecca immer noch bei ihr.

Es gab einige mißtrauische Seelen in Blackstone, die der Ansicht waren, der Unfall sei eine Antwort auf Martha Wards Gebete gewesen. »Schließlich starb erst Fred Ward, und dann zog Andrea aus, sobald sie konnte«, hatte Oliver einst jemanden sagen hören. »Und seit dem Unfall ist Rebecca nicht mehr ganz richtig im Kopf, und so hat Martha jemanden, für den sie beten kann, und Rebecca hat einen Platz zum Leben.«

Soweit Oliver das beurteilen konnte, war Rebecca jedoch völlig ›richtig im Kopf‹. Sie war nur ein wenig still und ein durch und durch guter Mensch. Sie sprach aus, was ihr in den Sinn kam, und das konnte manchmal unangenehm sein – jedenfalls für einige Leute. Edna Burnham, zum Beispiel, mußte sich immer noch von dem Tag erholen, an dem Rebecca ihr auf der Straße begegnet war und ihr vor Ednas drei besten Freundinnen gesagt hatte, daß sie ihre neue Perücke entzückend fand. »Sie ist viel hübscher als die andere, die Sie bisher getragen haben«, hatte Rebecca ihr versichert. »Die andere sah immer so künstlich aus, und diese könnte man beinahe für echtes Haar halten!«

Edna Burnham hatte nie wieder mit Rebecca gesprochen.

Oliver, der das Glück gehabt hatte, nur ein paar Schritte entfernt zu sein, als der Zwischenfall passiert war, mußte immer noch darüber lachen. Und Rebecca, so völlig unschuldig wie die Sechzehnjährige, die sie am Tag des tödlichen Unfalls ihrer Eltern gewesen war, konnte nicht verstehen, warum sich Edna Burnham aufregte oder was Oliver so amüsant fand.

»Aber es *ist* eine Perücke, und sie *sieht* hübsch aus«, hatte sie beharrt.

Jetzt, als Antwort auf seine Frage über ihre Tante, sagte Rebecca ihm genau, was sie dachte: »Tante Martha meint es gut. Sie kann nicht dafür, daß sie ein kleines bißchen sonderbar ist.«

»Ein kleines bißchen?« echote Oliver.

Rebecca errötete leicht. »Ich bin diejenige, die jeder für sonderbar hält, Oliver.«

»Nein, das sind Sie nicht. Sie sind nur ehrlich.« Er lenkte den Wagen zum Straßenrand vor Martha Wards Haus neben dem der Hartwicks und stoppte. »Wie wäre es, wenn Sie mit mir zum Abendessen gehen?« schlug er vor. »Madeline hat gesagt, daß ich eine Begleiterin mitbringen kann.«

Rebecca errötete noch mehr und schüttelte den Kopf. »Bestimmt meinte sie nicht mich, Oliver.«

»Bestimmt meinte sie auch nicht *nicht* sie«, erwiderte Oliver. Als er ausstieg und um den Wagen herum ging, um die Tür für Rebecca zu öffnen, versuchte er es noch einmal. »Ich habe ihr nicht gesagt, daß ich allein komme. Wie wäre es, wenn Sie Ihr schönstes Kleid anziehen und mitkommen?«

Rebecca schüttelte von neuem den Kopf. »Oh, Oliver, das kann ich nicht. Es geht nicht. Außerdem sagt Tante Martha, die Leute fühlen sich in meiner Anwesenheit unbehaglich, und sie hat recht.«

»Ich fühle mich in Ihrer Anwesenheit kein bißchen unbehaglich«, entgegnete Oliver.

»Sie sind lieb, Oliver«, sagte Rebecca. Dann gab sie ihm ein schnelles Küßchen auf die Wange und fügte hinzu: »Viel Spaß, und sagen Sie Celeste und Andrew, daß ich mich sehr für sie freue.«

In diesem Augenblick öffnete Martha Ward die Haustür und trat auf die Veranda heraus. »Es wird Zeit, daß du reinkommst, Rebecca«, rief sie. »Ich beginne gleich mit den Abendgebeten.«

»Ja, Tante Martha.« Rebecca wandte sich von Oliver ab und ging zum Haus ihrer Tante.

Oliver nahm das Geschenk vom Rücksitz des Volvo, schritt an Martha Wards Haus vorbei und ging zu dem Zufahrtsweg, der zum Haus der Hartwicks führte. Als er sich der Toreinfahrt näherte, hatte er plötzlich das Gefühl, beobachtet zu werden. Er schaute über die Schulter zum Haus von Martha Ward zurück und sah, daß Rebecca immer noch auf der Veranda stand.

Rebecca blickte ihm nach, und selbst aus dieser Entfernung konnte er sehen, daß ihr Gesicht Sehnsucht und Wehmut widerspiegelte. Doch dann hörte er, wie Martha Ward sie abermals rief. Einen Moment später verschwand Rebecca im

Haus. Plötzlich wünschte Oliver sich sehr, nicht allein zu der Feier gehen zu müssen. Er stieg die Treppe zur Haustür hinauf und klingelte. Madeline Hartwick öffnete und begrüßte ihn mit einer Umarmung.

»Oliver«, sagte sie. »Wie wunderbar.« Als sie zur Seite trat, um ihn einzulassen, glitt ihr Blick zum Haus nebenan. »Einen Moment lang dachte ich, Sie bringen vielleicht die arme Rebecca mit.«

Oliver zögerte und entschloß sich dann, so ehrlich zu sein, wie Rebecca es wäre. »Ich habe sie gefragt«, sagt er. »Aber sie hat mir einen Korb gegeben.« Obwohl er sich sagte, daß er sich irren mußte, glaubte Oliver Erleichterung auf Madeline Hartwicks perfekt geschminktem Gesicht zu sehen.

2

Jules Hartwick lehnte sich auf seinem Stuhl zurück und nickte Madeline kaum wahrnehmbar zu, das Signal, daß es an der Zeit für sie war, auf den Knopf am Boden unter ihrer Seite des Eßzimmertisches zu treten. Das würde das junge Mädchen rufen, das sie für den Abend angestellt hatten, und es würde das Geschirr des Nachtischs abräumen, während der Butler – ebenfalls nur für den einen Abend engagiert – den Portwein servierte. Das Eßzimmer war stets eines von Jules' Lieblingszimmern in diesem Haus gewesen, in dem er aufgewachsen war und in das er und Madeline vor einem Jahrzehnt eingezogen waren, nachdem sein Vater, seit fünfzehn Jahren verwitwet, sich in eine Eigentumswohnung in Scottsdale zurückgezogen hatte. »Das ist genau das richtige für mich«, hatte Hartwick senior erklärt. »Die Gegend ist voller Republikaner und geschiedener Frauen mit genug Geld, so daß sie meines nicht brauchen.«

Wie alle Zimmer im Haus war das Eßzimmer enorm groß, jedoch so perfekt geschnitten, daß es auch dann nicht zu groß wirkte, wenn die Zahl der Gäste wie heute nur klein war. Zwei Kronleuchter glitzerten von der hohen Decke, und die Stuckwände oberhalb der Täfelung aus Mahagoni waren mit so dicken Wandteppichen behängt, daß selbst die größten Feste nie laut wirkten. Eine Wand wurde von einem gewaltigen Kamin beherrscht, in dem drei große Holzscheite brannten, und in die gegenüberliegende Wand war eine Anrichte eingelassen, die perfekt für die Büffets geeignet war, die diese Generation den traditionellen Abendessen vorzog. »Soviel weniger aufwendig, schon im Vergleich zu all dem Personal, das Jules' Großvater beschäftigte«, erklärte Madeline stolz und verschwieg immer, daß auch Sparsamkeit etwas mit den bescheideneren Festivitäten zu tun hatte, die jetzt im Haus die Regel waren. Doch bisweilen – bei Anlässen wie dem heutigen – engagierte Jules Personal und tat sein Bestes, um den Kalender um eine oder zwei Generationen zurückzublättern. Heute abend war das ein voller Erfolg gewesen, wie er fand.

Alle Männer außer Oliver Metcalf hatten eine schwarze Fliege getragen, und weil niemand erwartet hatte, daß Oliver mit etwas anderem als seinem alten Tweedjackett erscheinen würde, wirkte er kein bißchen fehl am Platze. Die Frauen sahen mit ihren Abendkleidern prächtig aus, und während Madeline in ihrem langen, schwarzen Kleid und der einreihigen Perlenkette noch eleganter als üblich wirkte, hatte Celeste ihr mit einem smaragdgrünen Samtkleid, das farblich perfekt zu ihrem kastanienbraunen Haar paßte, die Schau gestohlen. Celeste trug ein einziges phantastisches Schmuckstück: In Gold gefaßte Smaragde, die Jules' Mutter gehört hatten, glänzten im herzförmigen Ausschnitt ihres Kleides. Ihr gegenüber, an der Mitte des langen Tisches, saß Andrew Sterling, der den Blick nicht länger als jeweils ein paar Sekunden von seiner Verlobten hatte nehmen können, wie Jules beobachtet hatte. So sollte es sein, dachte Jules.

Der Rest der Gäste – alle außer einem – schien fast so glücklich zu sein wie Celeste und Andrew. Außer Oliver Metcalf und Ed und Bonnie Becker hatte Madeline Harvey Connally eingeladen – »um die ältere Generation zu vertreten, was den Dingen eine schöne Kontinuität verleiht, wie ich finde« – und Edna Burnham als Tischdame des alten Mannes eingeschlossen. Madeline hatte es ebenfalls geschafft, Bill McGuire zu überreden, zum ersten Mal seit dem Tod seiner Frau Elizabeth auszugehen, und dazu Lois Martin eingeladen. Das gehörte zu ihrem Plan, festzustellen, ob Oliver und seine Stellvertreterin außerhalb des Büros so gut zueinander paßten wie innerhalb. Als Jules zu bedenken gegeben hatte, daß Oliver und Lois vielleicht genug Zeit zusammen beim *Chronicle* verbrachten, hatte ihm Madeline einen dieser weiblichen Blicke zugeworfen, die ihm sehr deutlich sagten, daß er sich ausgezeichnet im Bankgeschäft auskennen mochte, jedoch keine Ahnung im Verkuppeln von Paaren hatte.

»Lois und Oliver passen perfekt zueinander«, hatte sie gesagt. »Sie wissen es nur nicht.«

Obwohl Jules argwöhnte, daß Olivers Interesse an Lois an der Bürotür endete, hatte er seine Meinung für sich behalten. Ebenso hatte er geschwiegen, als sich seine Frau entschieden hatte, Janice Anderson als Bill McGuires Tischdame einzuladen. Nicht, daß Jules etwas gegen Janice hatte. Mit ihrer perfekten Mischung aus Geschäftssinn und einer gewinnenden Persönlichkeit, die sie fast sofort wie jedermanns beste Freundin wirken ließ, hatte Janice ihren Antiquitätenladen zu einem Geschäft gemacht, das Kunden in einem Umkreis von hundert Meilen nach Blackstone lockte. Es war Bill McGuire gewesen, der sie davon überzeugt hatte, ihr Geschäft ins Blackstone Center zu verlegen, sobald die Irrenanstalt abgerissen und der neue Komplex fertiggestellt war. Heute abend schien jedoch nicht einmal Janice' sonnige Wesensart auf Bill zu wirken. Der arme Mann war seit Elizabeth' Tod vor einem Monat völlig abgemagert. Dennoch hatte er die Einladung anscheinend gern angenommen, und Jules sagte sich, daß Madeline recht haben mußte: Wenn irgend jemand Bill für eine Weile von seinen Sorgen und Problemen ablenken konnte, dann war das Janice.

»Sollen wir den Portwein in der Bibliothek zu uns nehmen?« fragte Madeline, als der Butler die Gläser gefüllt hatte. »Wir haben vorige Woche etwas auf dem Speicher gefunden, das wir brennend gern zeigen würden.«

»Das erklärt, warum die Tür zur Bibliothek geschlossen war, als wir hereinkamen«, sagte Oliver Metcalf. Er erhob sich und half Lois Martin, den schweren Stuhl von dem großen Tisch mit Marmorplatte zurückzuschieben. Die Gäste folgten alle dem Beispiel der Gastgeberin, verließen das Eßzimmer und gingen durch den Empfangsraum, in dem sie sich zum Begrüßungscocktail eingefunden hatten. Dann durchquerten sie die große Halle, die von einer geschwungenen Treppe beherrscht wurde, die zum Zwischengeschoß und Obergeschoß führte.

Das Eßzimmer war stets Jules' Lieblingszimmer gewesen, während Madeline die Bibliothek bevorzugte. Die Decke wölbte sich über zwei volle Geschosse, und die Wände waren vom Boden bis zur Decke mit Bücherregalen gesäumt – mit Ausnahme der Stellen, an denen Familienporträts hingen. Die Regale waren so hoch, daß man eine Leiter benutzen mußte, um an die oberen Bücher zu gelangen. Für Madeline waren jedoch nicht die Bücherregale das bemerkenswerteste an der Bibliothek.

Direkt oberhalb der doppelflügeligen Tür, durch die sie soeben ihre Gäste geführt hatte, befand sich ein Musikerpodium, das groß genug war, um einem Streichquartett Platz zu bieten. Es war mit Mahagoni getäfelt. Heute abend hatte sie anläßlich der Verlobung ihrer Tochter ein Quartett engagiert, das bereits leise spielte, als die Gesellschaft die Bibliothek betrat.

»Phantastisch«, sagte Janice Anderson zu Madeline. »Wie eine Reise in die Vergangenheit. Ich fühle mich wirklich in ein anderes Jahrhundert zurückversetzt.«

»Warten Sie nur, bis Sie sehen, was wir auf dem Speicher entdeckt haben – etwas Erstaunliches aus der Vergangenheit«, sagte Madeline. »Wenn das Center fertig ist, werden wir es natürlich stiften, aber ich konnte nicht widerstehen, es zuerst hier aufzuhängen.«

Sie führte die Gäste zum fernen Ende der Bibliothek, wo, verdeckt von einem schwarzen Tuch, ein Gemälde aufgehängt worden war. Als sich alle versammelt hatten, gab Madeline ihrem Mann ein Zeichen, das Licht auszuschalten, bis nur noch ein einzelner Punktscheinwerfer auf das Gemälde gerichtet war. Als erwartungsvolles Schweigen herrschte, zog Madeline an einer Kordel, und das Tuch fiel von dem Gemälde.

Aus einem kunstvoll vergoldeten Rahmen blickte eine aristokratische Frau um die Vierzig. Sie trug ein dunkelblaues Seidenkleid. Trotz ihrer vornehmen Haltung und der teuren Kleidung blickte sie irgendwie vorwurfsvoll von der Leinwand, als ärgere sie sich darüber, porträtiert zu werden. Ihr Haar war streng von einer hohen Stirn zurückgekämmt und am Hinterkopf zu einem kunstvollen Knoten gebunden, und sie stand neben einem Sessel. Eine Hand umklammerte den Rücken des Sessels, während die andere hinabhing und zur Faust geballt war.

»Das ist Ihre Mutter, nicht wahr, Jules?« fragte Janice Anderson. »Aber welch ein sonderbares Kostüm für ein Porträt. Was ist das, was sie da über dem Kleid anhat?« Über dem eleganten blauen Kleid trug die Frau ein graues, schürzenartiges Teil, das offenbar aus dicker Baumwolle war.

»Wir nehmen an, es ist ihre Uniform aus der Irrenanstalt«, erwiderte Jules. Sein Blick war auf das Porträt gerichtet, und er hatte die Stirn gerunzelt, als versuche er zu ergründen, warum seine Mutter so ärgerlich wirkte. »Anscheinend hat sie irgendwann mal freiwilligen Dienst als Graue Lady geleistet. Komisch, ich kann mich nicht erinnern, sie jemals mit dieser Uniform gesehen zu haben. Bis zur vorigen Woche hatte ich nicht mal eine Ahnung, daß das Porträt überhaupt existiert.« Er wandte sich an Oliver. »Erinnern Sie sich, meine Mutter jemals so gesehen zu haben?«

Aber Oliver hörte nicht zu. Als er das Porträt gesehen hatte, war ein scharfer Schmerz durch seinen Kopf gerast, und vor seinem geistigen Auge entstand ein Bild.

Der Junge, nackt und entsetzt, zittert in dem riesigen Raum.

Er hat die dünnen Arme um den Körper geschlungen und versucht vergebens, sich warm zu halten.

Der Mann taucht auf, und der Junge weicht vor ihm zurück, aber es gibt kein Entkommen. Der Mann hält ein Laken in den Händen – ein nasses Laken –, und obwohl der Junge versucht, an dem Mann vorbeizuschlüpfen und aus dem Raum zu laufen, fängt der

Mann ihn mit dem Laken so leicht wie einen Schmetterling mit einem Kescher. Sofort hüllt das eiskalte Laken den Jungen ein, der den Mund zu einem Schrei öffnet ...

»Oliver?« sagte Jules Hartwick. »Oliver, ist alles in Ordnung?«

Sofort verschwand die merkwürdige Vision. Olivers Kopfschmerzen hörten auf, und ihm gelang ein mattes Lächeln. »Alles klar, mir geht es prima«, versicherte er Jules. Er schaute noch einmal auf das Porträt und rechnete fast damit, daß der stechende Kopfschmerz wiederkehrte, doch nichts geschah. Auch die Vision kehrte nicht zurück. Da war nur das Gemälde, das Jules' Mutter mit der Uniform zeigte, die vor Jahrzehnten von den freiwilligen Helferinnen der Irrenanstalt getragen worden war. Er erinnerte sich verschwommen, irgendwo gelesen zu haben, daß es einst Mode gewesen war, sich mit Hinweisen auf seinen Beruf oder seine Beschäftigung porträtieren zu lassen. Laut äußerte er die Vermutung, daß das Kostüm ein Beweis für Mrs. Hartwicks Dienst für Blackstone war.

»Ich nehme es an«, pflichtete Jules ihm bei. »Aber das Sonderbare ist, ich erinnere mich nicht mal, daß Mutter eine Freiwillige war. Aber sie muß es gewesen sein, nicht wahr?« Er blickte wieder zu dem Porträt und schüttelte den Kopf. »Leicht zu verstehen, warum sie das Bild auf den

Speicher brachte, als es fertig war. Aber ich finde, es könnte eine Bereicherung für das Center sein, meinen Sie nicht auch? Vielleicht können wir Gemälde von einigen der anderen Frauen aufstöbern und sie zum Mittelpunkt einer Ausstellung machen, die wir ›Galerie der Samariter von Blackstone‹ oder so ähnlich nennen.« Er lachte.

»Jules!« sagte Madeline tadelnd. »Diese Frauen nahmen ihre Arbeit sehr ernst, und sie haben viel Gutes bewirkt.«

»Dessen bin ich sicher«, erwiderte Jules. »Aber du mußt zugeben, daß Mutter ziemlich unglücklich bei der ganzen Sache wirkt.«

»Ihre Miene hat bestimmt nichts mit ihrer aufopfernden Arbeit in der Irrenanstalt zu tun«, sagte Madeline zurechtweisend. Doch dann wurde ihre Miene weicher, und ein Lächeln spielte um ihre Lippen. »Eigentlich blickt sie fast so mißbilligend drein wie an dem Tag, an dem du mich geheiratet hast.«

»Nun, sie ist darüber hinweggekommen«, sagte Jules und legte einen Arm um seine Frau, als das Streichquartett auf dem Podium einen Walzer zu spielen begann. »Dich zu heiraten war immer noch das Beste, was ich jemals getan habe.«

Er zog Madeline an sich und tanzte beschwingt mit ihr durch die Bibliothek. Einen Augenblick später folgten die Gäste ihrem Beispiel und begannen ebenfalls zu tanzen.

Das Porträt an der Wand und Jules' Mutter

waren schnell vergessen, als die Feier weiterging. Rebecca fühlte sich, als müsse sie ersticken.

Die Luft in dem Zimmer war von dem Rauch der vielen Votivkerzen auf dem Altar und dem Duft des Weihrauchs erfüllt.

Das Dröhnen der Gregorianischen Gesänge übertönte nicht ganz die Stimme ihrer Tante, als Martha Ward, die neben Rebecca kniete, ihre Bittgebete sprach und den Rosenkranz in ihren zitternden Händen befingerte.

Ein gepeinigter Christus blickte von dem Kreuz über dem Altar herab. Rebecca zuckte zusammen, als ihr Blick auf den gemalten Blutfaden fiel, der aus der Speerwunde in seiner Seite quoll. Sie spürte seinen Schmerz fast so deutlich, wie er ihn selbst empfunden haben mußte, und sie blickte schnell von der leidenden Gestalt fort.

Vor fast zwei Stunden hatten sie das Abendessen beendet, und dann hatte ihre Tante sie hierher geführt, um für die Gedanken, die sie während des Essens gehabt hatte, um Vergebung zu bitten. Aber wie konnte Tante Martha gewußt haben, was ihr durch den Kopf gegangen war, als sie einen Blick auf die Feier im Haus nebenan erhascht hatte? Sie hatte kaum Zeit gehabt, um überhaupt etwas zu denken, bevor Tante Martha, die gesehen hatte, wie Rebecca aus dem Küchenfenster zum hell beleuchteten Haus der Hartwicks gespäht hatte, die Fensterläden verschlossen, sie am Arm genommen und in den Raum hinabgeführt hatte, der ihrer Tante als Privatkapelle diente. Es war natürlich keine richtige Kapelle. Ursprünglich war es der Hobbyraum ihres Onkels gewesen, aber kurz nach Fred Wards Tod hatte ihre Tante ihn in eine Kultstätte verwandelt und die Fenster, durch die man einst in den schönen Garten hatte blicken können, mit so dicken Vorhängen verhängt, daß kein Licht hindurchdringen konnte. Wo einst ein Kamin gewesen war – in dem an einem solchen Abend knisternde Holzscheite gebrannt hatten –, stand jetzt ein reich verzierter italienischer Altar aus dem 15. Jahrhundert, den Janice Anderson irgendwo in Italien entdeckt hatte. Vielleicht in Venedig? Möglich. Rebecca hatte in der Stadtbücherei ein Buch gefunden, in dem ein ähnlicher Altar wie der von Tante Martha abgebildet war. Vielleicht war es sogar derselbe.

Der scharfe Geruch von Weihrauch und Räucherkerzen verschlug Rebecca den Atem. Ihre Augen brannten. Schließlich, als sie sicher war, daß ihre Tante so sehr in ihre Gebete vertieft war, daß sie ihre Abwesenheit gar nicht bemerken würde, erhob sich Rebecca von der harten Holzbank – dem einzigen Möbelstück im Raum neben dem Altar und dem Betpult, auf dem ihre Tante oftmals stundenlang kniete. Rebecca wartete, bis ihre Knie nicht mehr so schmerzten und sie ihnen zutrauen konnte, sie zu tragen, und huschte dann aus der Kapelle und hinauf auf ihr Zimmer.

Als sie ihr Nachthemd angezogen hatte und

die Bettdecke zurückschlagen wollte, hörte sie das Starten eines Automotors. Sie ging zum Fenster. Es hatte zu schneien begonnnen, und die Nacht war weiß im Schein der Straßenlampen. Nebenan löste sich die Gesellschaft auf, und Rebecca erkannte leicht all die Gäste, die sich von den Hartwicks verabschiedeten. Vielleicht hätte sie doch Olivers Einladung annehmen sollen. Aber es wäre falsch gewesen – Madeline Hartwick plante jede Einzelheit ihrer Abendessen peinlich genau, und das letzte, was sie verkraften konnte, war das Auftauchen eines uneingeladenen Gastes in letzter Minute.

Dennoch wäre es schön gewesen, zu der Feier zu gehen, einen Abend mit lächelnden Leuten zu verbringen und so zu tun, als wären sie ihre Freunde.

Das ist ein häßlicher Gedanke, sagte sich Rebecca. Außerdem *ist* Oliver dein Freund!

Als hätte er ihren Gedanken gehört, schaute Oliver, der Lois Martin zu ihrem Wagen gebracht hatte, plötzlich auf. Lächelnd winkte er Rebecca zu, und sie winkte zurück. Als jedoch erst Janice Anderson und dann Bill McGuire Olivers Blick folgten, um zu sehen, wem er winkte, wurde sie verlegen und wich schnell vom Fenster zurück. Wenn sie von Tante Martha erwischt wurde, würde sie die ganze nächste Woche in der Kapelle büßen müssen!

Rebecca schaltete das Licht aus, ging zu Bett und lag in der Dunkelheit. Sie erfreute sich an dem Lichtschimmer jenseits des Fensters und dem Spiel der Schatten an Decke und Wänden. Bald döste sie ein und hatte einen so leichten Schlaf, daß sie beim Erwachen nach einer Stunde kaum wußte, ob sie überhaupt geschlafen hatte. Sie lauschte in die Grabesstille im Haus. Kein liturgischer Gesang klang von unten herauf. Ihre Tante war ebenfalls zu Bett gegangen. Es mußte also sehr spät sein.

Was hatte sie geweckt?

Rebecca lauschte noch angestrengter, aber falls es ein Geräusch gewesen war, das sie geweckt hatte, wiederholte es sich nicht.

Ebensowenig tauchten irgendwelche sonderbaren Schatten an ihrer Zimmerdecke auf.

Aber etwas hatte ihren Schlaf gestört. Nach einigen Minuten schlüpfte Rebecca aus dem Bett und ging zum Fenster. Diesmal ließ sie das Licht aus.

Die Nacht war von Schnee erfüllt. Er wirbelte um die Straßenlaternen und überzog die Wagen in der Straße und die kahlen Bäume mit einer glänzenden weißen Decke. Das Haus der Hartwicks nebenan war fast ganz unter der Schneedecke verschwunden und wirkte nur noch wie ein weißer Umriß, obwohl durch ein paar Fenster noch goldenes Licht schimmerte. Rebecca mußte an die längst vergangenen Winterabende denken, als ihre Eltern noch gelebt hatten und sich die Familie behaglich vor dem Kamin aneinandergekuschelt hatte und ...

Eine plötzliche Bewegung riß sie aus ihrer Träumerei, und dann tauchte aus dem Dunkel der Toreinfahrt der Hartwicks eine schwarze Gestalt auf. Während Rebecca sie beobachtete, ging die Gestalt schnell über den Zufahrtsweg zum Bürgersteig, überquerte die Straße und verschwand im Schnee.

Wenn nicht die Fußabdrücke im Schnee gewesen wären, hätte Rebecca daran gezweifelt, die Gestalt überhaupt gesehen zu haben. Und als sie dann wieder ins Bett ging, waren die Fußspuren bereits zugeschneit.

Als die Wanduhr in der Halle der Hartwicks den ersten Ton des Westminster-Glockenspiels schlug, verfielen die vier Personen im kleinsten der unteren Räume in Schweigen. Die große Wanduhr in der Eingangshalle war nur eine von einem Dutzend Uhren im Haus, die eine nach der anderen schlagen und das Haus mit Gong- und Glockentönen in jeder vorstellbaren Tonlage erfüllen würden. Als jetzt die Uhren, die Jules aus jedem Winkel der Welt gesammelt hatte, Mitternacht schlugen, schob Madeline ihre Hand in die ihres Mannes, und Celeste, auf dem Sofa gegenüber ihren Eltern, schmiegte sich enger an Andrew. Keiner von ihnen sagte ein Wort, bis der letzte Glockenton schließlich verklungen war.

»Ich habe immer gedacht, die Uhren würden mich in den Wahnsinn treiben«, sagte Madeline grübelnd. »Aber jetzt möchte ich sie nicht mehr missen.«

»Nun, das brauchst du auch nicht«, versicherte Jules. »Ich habe wieder eine neue Rarität aufgetan. Eine alte deutsche Kuckucksuhr, die schön auf den Treppenabsatz passen würde.«

»Eine *Kuckucksuhr*?« fragte Celeste. »Papa, die nerven doch so!«

»Ich finde Kuckucksuhren lustig«, sagte Jules. Dann spürte er, daß nicht nur Madeline Celestes Meinung war, sondern auch Andrew, und er gab nach und bot einen Kompromiß an. »Also gut, dann könnte ich sie in mein Arbeitszimmer hängen? So schlimm sind sie nun wirklich nicht!«

»Sie sind nervtötend, und das weißt du«, entgegnete Madeline. Sie erhob sich abrupt, und Andrew begriff, daß die Feier zu Ende war. Madeline räumte Jules' Portweinglas ab, obwohl noch etwas darin war.

»Ich glaube, ich habe genug gehabt«, bemerkte Jules.

»Das glaube ich auch«, pflichtete Madeline ihm bei. Sie neigte sich zu ihm und gab ihm einen liebevollen Kuß auf die Stirn.

»Ich hoffe, Celeste kümmert sich so gut um mich wie Mrs. Hartwick sich um Sie, Sir«, sagte Andrew Sterling ein paar Minuten später, als er und Jules in die verschneite Nacht hinaustraten.

»Davon bin ich überzeugt«, erwiderte Jules und legte einen Arm um die Schultern seines zukünftigen Schwiegersohns. »Oder sie wird wenigstens fast so gut zu Ihnen sein. Keine Frau der Welt kann einen Mann so gut umsorgen wie Madeline mich.« Seine Stimme nahm einen Klang an, der Andrew merkwürdig wehmütig vorkam. »Ich bin ein glücklicher Mann gewesen. Ich nehme an, ich sollte dankbar für diesen Segen sein.«

Sie waren jetzt bei Andrews Wagen angelangt, und als Andrew den Schnee von der Windschutzscheibe wischte, blickte er den älteren Mann fragend an. »Ist etwas nicht in Ordnung, Sir?«

Einen Augenblick lang war Jules versucht, die Bücherrevision zu erwähnen, doch dann entschied er sich dagegen. Er hatte es geschafft, den ganzen Abend zu überstehen, ohne überhaupt ein einziges Wort über seine Sorgen mit der Bank zu verlieren, und er wollte gewiß nicht jetzt Andrew damit belasten. Schließlich war nichts davon die Schuld dieses jungen Mannes. Wenn es einen Schuldigen geben mußte, dann würde gewiß er die Schuld auf sich nehmen. »Alles in Ordnung«, versicherte er. »Es war ein wundervoller Abend, und ich bin wirklich ein sehr glücklicher Mann. Ich habe Madeline und Celeste, und ich könnte mir keinen besseren Schwiegersohn wünschen. Schlafen Sie gut, Andrew, und wir sehen uns dann morgen.«

Als Andrew weggefahren war, schloß Jules das große, schmiedeeiserne Tor des Zufahrtswegs und ging zum Haus zurück. Als er Madelines

Wagen passierte, der geschützt vor dem Schnee unter der Toreinfahrt stand, fiel ihm auf, daß die Tür an der Fahrerseite einen Spalt offenstand. Als er die Tür aufzog, um sie ganz zu schließen, ging die Innenbeleuchtung an, und er sah ein kleines Päckchen hübsch verpackt auf dem Fahrersitz liegen. Jules runzelte die Stirn. Er nahm das Päckchen, schlug die Wagentür zu und setzte den Weg zum Haus fort. In der Eingangshalle verharrte er, drehte das Päckchen in der Hand und suchte nach einem Hinweis, woher es stammte.

Nichts.

Es war einfach eine kleine Schachtel, eingewickelt in pinkfarbenes Geschenkpapier und mit einer silbernen Schleife versehen.

Hatte Madeline es als Geschenk für ihn gekauft?

Das pinkfarbene Papier sprach dagegen. Er kannte Madelines Geschmack gut genug, um zu wissen, daß sie kein Geschenkpapier in dieser Farbe mochte. Ebensowenig war seine Frau der Typ, der ein Geschenk im Wagen liegenließ, ohne es wenigstens in einer Tüte oder Tragetasche zu verbergen.

Als er am Fuß der Treppe stand, wurde Jules klar, daß Madeline das Geschenk nicht gekauft haben konnte. Es war wahrscheinlicher, daß sie die Empfängerin sein sollte.

Aber von wem stammte es? Und warum war es in Madelines Wagen liegengelassen worden?

Ohne nachzudenken, zog Jules die Schleife auf und wickelte das Geschenk aus. Dann öffnete er die Schachtel und sah ein kleines silbernes Medaillon.

Ein herzförmiges Medaillon.

Seine Finger zitterten, als er das Medaillon nahm und öffnete.

Wo ein Bildchen gewesen war – hätte sein sollen –, befand sich keines.

Sondern eine Locke.

Jules schloß das Medaillon und blickte die Treppe hinauf zum Obergeschoß. Plötzlich sah er vor seinem geistigen Auge ein Bild.

Ein Bild von Madeline.

Madeline, die er seit über einem Vierteljahrhundert geliebt hatte.

Von deren Liebe zu ihm er überzeugt gewesen war.

Aber jetzt, vor seinem geistigen Auge, sah er sie anders.

In den Armen eines anderen Mannes.

Als er das Medaillon in seine Jackettasche steckte, brach für Jules Hartwick das Fundament seiner Welt zusammen.

3

»Mutter, schau mal nach draußen!« sagte Celeste Hartwick am nächsten Morgen, als sie ins Eßzimmer kam und sich Kaffee aus der großen silbernen Kanne auf dem Tisch einschenkte. »Ein toller Anblick!«

Aber selbst als Madeline auf das Drängen ihrer Tochter hin einen Blick durch die Terrassentür warf, nahm sie die glitzernde weiße Pracht der Schneelandschaft kaum wahr. Jeder Zweig und Ast von jedem Baum und Busch war mit einer dicken weißen Schicht bedeckt, und die Schneedecke auf dem Rasen und den Wegen wurde nur durch eine einzelne Vogelspur durchbrochen, offenbar die von dem Finken, der jetzt auf einem Zweig des großen Kastanienbaums vor dem Fenster hockte und den einzigen Farbklecks in dem Weiß bildete.

»Okay, Mutter«, sagte Celeste und setzte sich Madeline gegenüber an den Tisch. »Ich spüre, daß etwas nicht in Ordnung ist. Was ist los?«

Madeline spitzte die Lippen und fragte sich, was sie Celeste sagen sollte. Denn es war tatsächlich etwas los, aber sie hatte keine Ahnung, was. Es hatte in der vergangenen Nacht begonnen, als Jules nach oben gekommen war, nachdem er Andrew verabschiedet und das Tor geschlossen hatte. Beim Betreten ihres Schlafzimmers hatte er sie kaum angeschaut, und als sie ihn angesprochen und gefragt hatte, was los sei, hatte er sie nur finster angesehen und geantwortet, wenn etwas nicht in Ordnung sei, dann wisse sie das besser als er. Bevor sie etwas hatte erwidern können, war er in sein Ankleidezimmer verschwunden und hatte sich erst nach fast einer halben Stunde wieder blicken lassen. In seinem Pyjama hatte er sich neben sie gelegt und das Licht ausgeschaltet, ohne ihr gute Nacht zu wünschen, geschweige denn einen Gutenachtkuß zu geben. Angesichts seiner schlechten Laune hatte sie sich gesagt, daß es die Situation nur verschlimmern würde, wenn sie ihn mitten in der Nacht aushorchte, welches Problem er denn habe. Das konnte bis zum Morgen warten. Dann war es ihr gelungen zu schlafen – wenigstens sporadisch –, doch jedesmal, wenn sie erwacht war, hatte er starr neben ihr gelegen. Sie hatte an seinen Atemzügen gehört, daß er genauso hellwach war wie sie, aber als sie ihn angesprochen hatte, hatte er keine Antwort gegeben.

Jetzt fragte sie ihre Tochter: »Warst du noch auf, als dein Vater gestern nacht ins Haus zurückkam?«

Celeste nickte. »Aber ich habe ihn nicht gesehen. Ich hörte ihn raufkommen, aber ich war in meinem Zimmer. Ist was passiert?«

»Ich weiß es nicht ...«, begann Madeline. »Ich meine, es muß etwas passiert sein, aber ich habe nicht die geringste Ahnung, was es sein könnte. Es war äußerst merkwürdig, Celeste. Als dein

Vater in der Nacht ins Bett kam, sprach er kein Wort mit mir. Er ...«

»Erzählst du *jedem,* was in unserem Bett geschieht, Madeline?«

Madeline zuckte bei Jules' Eintreten und seiner scharfen Frage zusammen, als wäre sie geschlagen worden. Sie hatte gerade einen Schluck trinken wollen, und jetzt verschüttete sie den Kaffee auf dem Tisch. Während Celeste den Kaffee hastig mit einer Papierserviette vom Tisch abwischte, stellte Madeline mit zitternder Hand die Tasse auf den Unterteller. »Um Himmels willen, Jules, willst du mir bitte sagen, was los ist? Hat Andrew gestern nacht etwas gesagt, das dich aufgeregt hat?«

Andrew, dachte Jules. Seine Hand schloß sich in der Hosentasche fest um das Medaillon, das unter seiner Handfläche zu glühen schien. Konnte es Andrew sein? Aber Andrew war verliebt in Celeste, nicht in Madeline. Oder? Es wäre nicht das erste Mal, daß sich ein junger Mann in eine Frau verknallte, die alt genug war, um seine Mutter sein zu können. »Warum fragst du?« blaffte Jules.

Der Schock, den seine scharfen Worte ausgelöst hatten, ging in Ärger über. Madeline nahm die Serviette von ihrem Schoß, faltete sie langsam und ordentlich und strich sie glatt. Es war eine unbewußte Geste, die Celeste und Jules seit langem als Anzeichen darfür kannten, daß Madeline wütend wurde. Celeste warf ihrem Vater einen warnenden Blick zu, doch der erzielte keine Wirkung.

»Ich frage«, sagte Madeline mit perfekt beherrschter Stimme, bei deren Klang sich Celeste auf ein Ungewitter gefaßt machte, »weil ich nicht weiß, was los ist. Als ich dich in der Nacht gefragt habe, ob etwas passiert ist, hast du geagt, das würde ich besser wissen als du. Jetzt unterstellst du, daß ich mit anderen Leuten über unsere Bettgeschichten spreche, obwohl du genau weißt, daß ich dies nie tun würde. Wenn dir eine Laus über die Leber gelaufen ist, Jules, dann sag es mir bitte.«

Jules' Blick glitt mißtrauisch von seiner Frau zu seiner Tochter. Wieviel wußte Celeste? Vielleicht alles – weihten Mütter nicht immer ihre Töchter ein? »Wie heißt er, Madeline?« fragte er schließlich. »Oder sollte ich Celeste fragen?« Er wandte sich an seine Tochter. »Wer ist es, Celeste? Jemand, den ich kenne?«

Celeste blickte verunsichert zwischen ihren Eltern hin und her. Was um alles in der Welt war los? In der vergangenen Nacht war alles perfekt in Ordnung gewesen. Was konnte passiert sein? »Es tut mir leid, Papa«, begann sie, »ich weiß nicht ...«

»O bitte, Celeste«, sagte Jules mit einer Schärfe, die sie noch nie in seiner Stimme gehört hatte. »Ich bin kein Idiot. Ich weiß alles über die Affäre deiner Mutter.«

Jetzt war es Celestes Kaffee, der sich über den

Tisch ergoß, als sie die Tasse fallen ließ. »Ihre *was*?« fragte sie entgeistert. Aber bevor Jules noch mehr sagen konnte, wandte sie sich an ihre Mutter. »Er meint, du hast eine Affäre?«

Madeline sprang auf, und in ihren Augen glitzerte Zorn. »Sag mir, was das alles zu bedeuten hat, Jules«, verlangte sie. »Wie um alles in der Welt kommst du auf eine solche Idee? Hat etwa Andrew dir gestern nacht eine solch lächerliche Idee in den Kopf gesetzt?«

»Sei nicht blöde, Madeline«, fuhr Jules sie an. »Andrew hat nichts gesagt.« Seine Hand, immer noch in der Tasche, krampfte sich so fest um das Medaillon, daß er das Gefühl hatte, das filigrane Muster bohre sich in seine Haut. »Der wäre der letzte, der etwas von dem Verhältnis verrät, nicht wahr?«

Jetzt sprang Celeste ebenfalls auf. »Hör auf, Vater. Wie kannst du nur so etwas denken? Andrew und Mutter? Das ist das Abscheulichste, was ich jemals gehört habe!«

Jules kniff die Augen zu Schlitzen zusammen, und sein Blick glitt zwischen seiner Frau und seiner Tochter hin und her. »Ihr habt geglaubt, ich komme nicht dahinter, wie?« fragte er. »Aber ich habe es herausgefunden. Und ich werde verdammt noch mal auch noch alles andere herausfinden.« Jules Hartwick wandte sich ruckartig um und schritt aus dem Eßzimmer, und Madeline und Celeste starrten ihm sprachlos nach.

»Es ist das Werk des Teufels!«

Martha Ward stieß die Worte so scharf hervor, daß Rebecca zusammenzuckte und sich unwillkürlich fragte, welche Sünde sie diesmal begangen hatte. Aber dann ließ das Schuldgefühl nach, als ihr klar wurde, daß die Worte überhaupt nicht ihr galten. Martha sprach am Telefon, und diesmal galt die Strafpredigt Rebeccas Kusine Andrea.

»Ich habe dich gewarnt«, fuhr Martha fort und wechselte den Telefonhörer in die linke Hand, um Rebecca mit einer Geste der rechten aufzufordern, ihr Kaffee nachzuschenken. »Als ich diesen Mann kennenlernte, wußte ich gleich, was mit ihm los ist. Habe ich nicht gesagt: ›Andrea, dieser Mann hat das Antlitz Satans‹? Natürlich habe ich das gesagt, ob du dich erinnern willst oder nicht.« Sie schwieg einen Moment lang und schnalzte dann auf eine Art mit der Zunge, die eher mißbilligend als mitfühlend klang. »Du mußt zur Kirche gehen, Andrea«, mahnte sie. »Du mußt für deine unsterbliche Seele beten und um Vergebung bitten. Und beim nächsten Mal wirst du vielleicht den Teufel erkennen, wenn du ihn siehst!«

Martha Ward legte den Hörer auf, schüttete drei Teelöffel Zucker in ihren Kaffee, fügte etwas Sahne hinzu und seufzte, als sie an der dampfenden Tasse nippte. »Ich glaube, diesmal habe ich diesem Kind wirklich Gottesfurcht eingehämmert«, erklärte sie. »Aber es stimmt, Rebecca. Als ich Gary Fletcher zum ersten Mal sah, hab' ich Andrea vor ihm gewarnt. Ich bin eine Frau der Kirche, und ich werde den Teufel in meiner Anwesenheit nicht dulden.«

»Aber wie kannst du den Satan erkennen, Tante Martha?« fragte Rebecca, und vor ihrem geistigen Auge sah sie die dunkle Gestalt im Schnee, die sie in der Nacht beobachtet hatte.

»Den erkennt man eben, wenn man ihn sieht«, behauptete Martha. »Ganz gleich, welche Verkleidung er trägt, eine tugendhafte Person erkennt den Teufel immer.«

»Aber wie sieht er aus?« setzte Rebecca nach. »Wie würde ich *wissen*, ob ich ihn gesehen habe?«

Martha Ward stellte ihre Kaffeetasse ab und betrachtete mißtrauisch ihre Nichte. Rebecca hatte viel von ihrem Vater, und Martha Ward hatte den Mann, den ihre Schwester Margaret geheiratet hatte, ebensowenig gebilligt wie den Mann, mit dem ihre Tochter Andrea zusammenlebte. Mick Morrison war für Martha ein Teufel in Menschengestalt gewesen. Sie hatte stets fest geglaubt, daß der Unfall, bei dem er und ihre Schwester ums Leben gekommen waren, Gottes Strafe für Mick Morrisons Sünden und deren Duldung durch Meg war. Sie nahm an, daß Rebecca nur wegen ihrer Jugend verschont worden war, aber ihre Nichte hatte immer noch mehr von Mick Morrison, als Martha lieb war. Es bedurfte der Wachsamkeit, um zu verhindern, daß Rebecca dem Bösen nachgab, das sie von ihrem Vater geerbt hatte. Das war einfach ein weiteres Kreuz, das sie tragen mußte. Martha seufzte schwer. »Worauf willst du hinaus, Rebecca?«

»Ich habe gestern nacht jemanden gesehen«, erklärte ihre Nichte. »Nach der Feier der Hartwicks.« Sie beschrieb die Gestalt, die aus der Toreinfahrt nebenan aufgetaucht war. »Und er verschwand einfach im Schnee«, endete sie. »Es war fast, als wäre er überhaupt nicht dort gewesen.«

Martha Wards Gesicht verzog sich mißbilligend. »Vielleicht war er nicht da, Rebecca. Vielleicht hast du diese mysteriöse Gestalt nur erfunden, um zu rechtfertigen, daß du unsere Nachbarn bespitzelt hast. Die Hartwicks sind gute, anständige Leute, und es geht nicht an, daß du ihnen mitten in der Nacht nachspionierst. Ich schlage vor, du gehst in die Kapelle und betest drei Ave Maria als Buße. Und was den Teufel anbetrifft«, fügte sie scharf hinzu, als Rebecca sich anschickte, ihrem Befehl Folge zu leisten, »so solltest du dich vor Oliver Metcalf hüten.«

So, sagte sie sich zufrieden, als Rebecca das Zimmer verließ, ich habe meine Pflicht erfüllt, und wenn Rebecca etwas passiert, dann ist es allein ihre Schuld.

Jules Hartwick spürte, daß er beobachtet wurde.

Es hatte in dem Moment angefangen, in dem er das Haus verlassen hatte. Schon als er über den Zufahrtsweg zum Bürgersteig gegangen war, hatte er gewußt, daß Martha Ward und Rebecca Morrison ihn beobachteten. Zweimal hatte er sich umgewandt, um sie anklagend anzuschauen, aber beide Male waren sie zu schnell gewesen und vom Fenster zurückgewichen, bevor er auch nur einen Blick auf sie erhaschen konnte.

Aber sie konnten ihn nicht täuschen – er wußte, daß sie da waren!

Genauso wußte er, daß die übrigen Nachbarn in der Harvard Street ihn beobachteten, als er den Hügel hinab zur Main Street ging. Wie lange wurde er schon beobachtet? Vermutlich jahrelang. Und er wußte, warum.

Sie waren alle seine Feinde.

Das alles erkannte er an diesem Morgen mit einer Klarheit wie nie zuvor.

Sie wußten über die Probleme mit der Bank Bescheid.

Sie waren über Madelines Affäre im Bilde.

Und sie lachten über ihn, lachten über seine Demütigung, lachten über die Schmach, die Schande, die über ihn kommen würde. Aber er würde ihnen nicht die Befriedigung verschaffen, ihn leiden zu sehen. Er würde sie nicht mal wissen lassen, daß er ihnen schließlich auf die Schliche gekommen war. Er hielt den Kopf hocherhoben, als er auf die Main Street einbog, und ging mit einem wissenden Lächeln an der ›Roten Henne‹ vorbei, dem Lokal, in dem sich die führenden Geschäftsleute von Blackstone jeden Morgen zum Kaffee einfanden.

Der wahre Grund für diese Treffen war natürlich, sich gegen ihn zu verschwören, nicht nur den Untergang seiner Bank zu planen, sondern auch sein eigenes Verderben. Und sie waren raffiniert gewesen und sogar so weit gegangen, ihn zu fragen, ob er sich ihrer Gesellschaft anschließen wollte. Alles nur, um ihr wahres Ziel zu verschleiern. Aber heute morgen verstand er endlich, warum einige davon stets vor seinem Eintreffen da waren und andere dort blieben, wenn er ging. Sie redeten über ihn, tuschelten hinter seinem Rücken über ihn, planten jede Einzelheit seines Untergangs.

Aber er würde ihnen einen Strich durch die Rechnung machen.

Jetzt wußte er, was sie trieben, und konnte sie austricksen. Er war immer klüger gewesen als sie, und das war ein weiterer Grund, weshalb sie ihn haßten.

Nun, sie mochten ihn hassen, aber sie würden ihn nicht besiegen!

Als er jetzt die Bank betrat, spürte er, wie das gesamte Personal ihn verstohlen beobachtete, obwohl die Leute beschäftigt taten.

Die Kassierer standen hinter ihren Schaltern und zählten angeblich Geld, aber er wußte, daß sie ihn insgeheim belauerten und jeden seiner Schritte verfolgten, als er zu seinem Büro hinten in der Bank neben dem Tresorraum ging.

Aber nicht nur die Kassierer beobachteten ihn. Die Sicherheitsleute behielten ihn ebenfalls scharf im Auge. Seine Nackenhaare richteten sich auf, und ein kalter Schauer durchlief ihn und ließ ihn nicht los, bis er in seinem Büro war und die Tür hinter sich geschlossen hatte. Er lehnte sich einen Augenblick lang dagegen und wartete, damit die Spannung nachließ, die sich in ihm aufgestaut hatte, seit er das Haus verlassen hatte.

Sein Puls raste.

Hatte Madeline heute morgen etwas in seinen Kaffee getan?

Nein, er hatte sie ausgetrickst und überhaupt keinen Kaffee getrunken.

Schließlich ging er zu seinem Schreibtisch und ließ sich in den großen Sessel sinken, der vorher seinem Vater und Großvater gehört hatte. Er wollte auf den Knopf der Gegensprechanlage drücken und Ellen Golding bitten, ihm eine Tasse Kaffee zu bringen, doch dann besann er sich anders. Was auch immer in der Bank vorging – und es war jetzt klar, daß die Buchprüfung der Zentralbank nur Teil einer viel größeren Verschwörung war –, gewiß hatte man Ellen von Anfang an zur Mitarbeit angeworben.

Es war besser, er holte sich selbst einen Kaffee, bevor diese falsche Hexe ihn vergiften konnte!

Er verließ das Büro, ging zur Kaffeekanne, die Ellen stets auf den Aktenschrank stellte, und füllte Kaffee in eine Tasse.

»Warum haben Sie mich nicht gerufen, Mr.

Hartwick?« fragte Ellen. »Ich hätte Ihnen den Kaffee gebracht.«

Er hatte recht gehabt! Sie hätte etwas in den Kaffee getan. Sollte er sie auf der Stelle feuern? Nein, es war besser, sie noch nicht wissen zu lassen, daß er ihnen auf die Schliche gekommen war. »Ich bin nicht völlig hilflos, Ellen«, sagte er. »Außerdem, ist es heutzutage nicht strafbar, wenn man von seiner Sekretärin verlangt, Kaffee zu servieren?«

Ellen Golding starrte ihren Chef an. Was um alles in der Welt redete er da? Sie war seit fast zehn Jahren seine Sekretärin und hatte ihm jeden Morgen eine Tasse Kaffee gebracht. Das gehörte zu ihrem Job, um Himmels willen! »Ist alles in Ordnung, Mr. Hartwick?«

»Sehe ich nicht so aus?« fragte Jules scharf. »Sehe ich aus, als wäre etwas nicht in Ordnung? Nun, ich kann Ihnen versichern, Miss Golding, daß mit mir alles in Ordnung ist und daß das so bleiben wird, ganz gleich, wie raffiniert ihr es auch anstellt.« Er nahm die Tasse Kaffee, zog sich in sein Büro zurück und schloß die Tür. Er nahm wieder hinter dem Schreibtisch Platz und nippte an dem Kaffee. Ein bitterer Geschmack. Sofort wurde er mißtrauisch. Hatte Ellen etwas in die Kaffeekanne getan?

Er schob die Tasse zur Seite.

Plötzlich hatte er wieder das Gefühl, beobachtet zu werden. Aber wie war das möglich? Er war allein in seinem Büro.

Oder nicht?

Was war, wenn sich jemand in seinem privaten Badezimmer versteckt hatte? Er erhob sich abrupt, ging zur Tür des Badezimmers, lauschte einen Augenblick lang und riß dann die Tür auf.

Leer.

Oder nicht?

Was war mit der Dusche?

Sein Herz klopfte schneller. Er schlich über den gefliesten Boden. Der Duschvorhang war zugezogen, aber er konnte fast fühlen, daß sich jemand dahinter versteckte.

Wer?

Er riß so heftig den Vorhang auf, daß drei der Plastikringe von der Stange gefetzt wurden.

Die Duschkabine war leer. Er reagierte seinen Frust ab, indem er den Rest des Duschvorhangs auch noch abriß. Dann ließ er den Vorhang auf dem Boden liegen und kehrte in sein Büro zurück. Und sofort als er wieder in dem getäfelten Büro war, wußte er, wo sich die Spione versteckten. Die Sicherheitskameras!

Es gab zwei davon, die vor sechs Jahren installiert worden waren, nicht weil Jules sie für notwendig hielt, sondern weil die Versicherungsgesellschaft eine Minderung der Versicherungsprämie angeboten hatte, wenn sie installiert wurden. Jetzt verstand er jedoch den wahren Grund, aus dem die Versicherung auf der Installation der Kameras bestanden hatte. Es ging überhaupt nicht um die Sicherheit.

Es ging darum, ihn zu bespitzeln!

Er nahm den Telefonhörer ab und drückte auf den Knopf für den Nebenanschluß seiner Stellvertreterin, der Vizedirektorin. »Ich will, daß die Sicherheitskameras in meinem Büro ausgeschaltet werden«, sagte er, ohne guten Morgen zu wünschen.

»Wie bitte?« fragte Melissa Holloway.

»Sie haben es gehört!« blaffte Jules. »Ich will, daß die Kameras in meinem Büro sofort ausgeschaltet und bis zur Mittagspause komplett abgebaut werden.« Er knallte den Hörer auf die Gabel und starrte finster auf das Kameraauge, das ihn aus der Ecke heraus lauernd beobachtete. Dann konnte Jules Hartwick es nicht mehr ertragen, beobachtet zu werden, und verließ seinen Schreibtisch noch einmal.

Zehn Sekunden später, nachdem er zum ersten Mal in seinem Leben auf keinen Angestellten reagiert hatte, der etwas zu ihm gesagt hatte, war er auf dem Nachhauseweg.

Wiederum war seine rechte Hand tief in der Hosentasche vergraben und umklammerte das Medaillon.

4

Ed Becker spürte sofort beim Betreten der Bank, daß etwas nicht stimmte. Es war nur ein Kunde am Kassenschalter, doch überall wurde geflüstert, und alle verstummten sofort, als sie ihn sahen. Zuerst nahm er an, es wäre etwas hinsichtlich der Buchprüfung passiert, doch als er einen Blick durch die Glaswand in den Konferenzraum warf, in dem die Buchprüfung stattfand, sah er den Mann und die beiden Frauen der Zentralbank geschäftig bei der Arbeit und jeden bei der Überprüfung dicker Stapel von Computer-Ausdrucken, genau wie es seit Wochen der Fall war. Ed Becker wollte zu Jules Hartwicks Büro gehen, als Melissa Holloway ihn an ihren Schreibtisch winkte.

»War mit Mr. Hartwick gestern abend alles in Ordnung?« fragte sie.

Ed Becker spürte, daß er von allen Seiten beobachtet wurde.

»Es ging ihm prima«, versicherte er der stellvertretenden Direktorin. »Aber ich schließe aus der Frage, daß das heute morgen nicht der Fall ist. Ist er in seinem Büro?«

Melissa Holloway schüttelte den Kopf. »Er war vor ungefähr zehn Minuten hier«, sagte sie. »Zuerst riß er Ellen Golding fast den Kopf ab, und dann rief er mich an und befahl ...«

»Befahl?« echote Ed Becker. In all den Jahren,

in denen er Jules kannte, hatte er nie gehört, daß der Bankier irgendeine Anweisung gegeben hatte, die man als ›Befehl‹ hätte auslegen können. Unzählige Male hatte er erlebt, wie Jules um Dinge gebeten hatte, aber er war niemals Zeuge von auch nur einer Spur autoritären Verhaltens geworden, wie er es laut Melissa Holloway gezeigt haben sollte.

Melissa zuckte hilflos die Achseln. »Ich weiß. Es paßt überhaupt nicht zu Mr. Hartwick. Aber er hat mir befohlen, die Sicherheitskameras in seinem Büro auszuschalten – sofort – und bis zur Mittagspause völlig abmontieren zu lassen.«

Wenn Melissa nicht so blaß und besorgt gewesen wäre, hätte Ed Becker angenommen, sie ziehe ihn nur auf. Doch das war offensichtlich nicht der Fall. »Und dann ist er gegangen?«

Melissa nickte. »Ohne mit jemandem zu sprechen. Und als er in die Bank kam, redete er auch mit keinem. Ed, er spricht doch *immer* mit jedem. Er wechselt vielleicht nur ein paar Worte mit einem, aber er sagt wenigstens ›guten Morgen‹. Heute jedoch nicht. Es war wie ...« Sie zögerte und wußte nicht mehr weiter. »Ich weiß nicht, wie es war. Es war, als ob er ... verrückt geworden wäre!«

»Was ist mit den Buchprüfern?« fragte Ed mit gesenkter Stimme, damit niemand außer Melissa es hören konnte. »Könnten sie etwas gefunden haben, das ihn vielleicht aufgeregt hat?«

»Daran dachte ich als erstes, aber keiner von

ihnen hat ein Wort mit ihm gewechselt. Ich hatte gehofft, Sie wüßten, was los ist.«

Bevor Ed noch etwas sagen konnte, kam Andrew Sterling herüber. Sein Gesicht war rot, und an der Stirn pochte eine Ader. »Haben Sie eine Ahnung, was, zum Teufel, mit Jules los ist?« fragte er schroff.

Ed Becker machte sich auf etwas gefaßt. »Was hat er zu Ihnen gesagt?«

»Nichts. Aber ich erhielt soeben einen Anruf von Celeste. Aus irgendeinem Grund denkt ihr Vater anscheinend, daß ...« Er verstummte, und Ed Becker und Melissa Holloway sahen ihm an, wie er sich zum Weitersprechen zwingen mußte. »Er hat sich anscheinend die verrückte Idee in den Kopf gesetzt, daß Celestes Mutter eine Affäre hat.«

»Madeline?« Ed Becker blickte entgeistert. »Aber Andrew, Sie müssen scherzen!«

»Ich wünschte, es wäre so. Aber es wird noch schlimmer. Er denkt anscheinend, *ich* bin der Mann, mit dem sie ...« Er verstummte abermals. Diesmal war es offenkundig, daß Andrew nicht in der Lage war, den Satz zu beenden.

»Jules hat das tatsächlich *gesagt*?« fragte Ed. Als Andrew keine Antwort gab, holte Ed tief Luft und atmete langsam aus. »Ich halte es für das beste, zu ihm zu fahren, um zu sehen, was los ist.«

Das Tor am Zufahrtsweg der Hartwicks stand offen. Madelines Wagen war verschwunden, und so parkte Ed seinen Buick in der Toreinfahrt und ging zum Haus. Er klingelte an der Tür und erschauerte in der Kälte, während er darauf wartete, daß Jules Hartwick öffnete. Als der Bankier sich nach einer vollen Minute nicht hatte blicken lassen, klingelte Ed Becker von neuem. Immer noch keine Antwort. Ed ging zum Buick zurück, nahm seinen Wintermantel vom Rücksitz und zog ihn über. Dann kehrte er zum Haus zurück, umrundete es und ging zur hinteren Seite.

Er spähte durch eines der Garagenfenster und sah, daß Jules' schwarzer Lincoln darin stand. Das hieß natürlich nicht zwangsläufig, daß Jules selbst zu Hause war; wie fast jeder in Blackstone ging Jules zu Fuß zur Arbeit, wenn das Wetter nicht wirklich schrecklich war, und Melissa Holloway hatte den Eindruck gehabt, daß Jules an diesem Morgen zu Fuß zur Bank gekommen war. Ed stieg die Treppe zur hinteren Veranda hinauf, öffnete die Tür des Windschutzes und versuchte sein Glück an der Hintertür.

Abgeschlossen.

Er suchte nach einem Klingelknopf, fand keinen und klopfte laut an.

Ebensowenig eine Antwort wie ein paar Minuten zuvor an der Vordertür.

Ed verließ die hintere Veranda, umrundete das Haus von der anderen Seite, ging am Eßzimmer vorbei und betrat die breite Terrasse. Dort führten Terrassentüren, eine an jedem Ende, in die Bibliothek und ins große Wohnzimmer. Er schirmte die Augen mit den Händen ab und spähte in die schattigen Räume jenseits der Terrassentüren, aber hinter den Milchglasscheiben konnte er nichts entdecken.

Ed ging ging weiter ums Haus herum. Seine Schuhe waren durchnäßt mit eisigem Wasser, und der Saum seiner Hosenbeine war mit Schnee bedeckt. Er umrundete die Ecke und gelangte zu dem Vorbau neben der Bibliothek, in dem sich Jules Hartwicks Arbeitszimmer befand. Schwere Vorhänge hingen vor den Fenstern auf beiden Seiten des kleinen Kamins, der das Zimmer beherrschte, und überhaupt waren die Fenster viel zu hoch, um hindurchzuschauen, selbst wenn sie nicht von den Vorhängen verdeckt gewesen wären. Ed ging zur Haustür und klingelte dreimal lange, doch nichts tat sich. Schließlich gab er auf, kehrte zu seinem Wagen zurück, stieg ein und ließ den Motor an. Erst als er an der Straße war, sah er es: Rauch stieg auf aus dem Schornstein des Kamins in Jules Hartwicks Arbeitszimmer.

Ed Becker setzte auf dem Zufahrtsweg zurück und starrte auf den Rauch. Das Arbeitszimmer war, wie er wußte, das einzige Zimmer im Haus, das weder von Madeline noch Celeste jemals betreten wurde. »Ich habe nicht den geringsten Wunsch, dort hineinzugehen«, hatte Madeline vor ein paar Monaten gesagt. »Er hat es genauso hergerichtet, wie er es mag, und wenn ihm der Gestank seiner schrecklichen Zigarren, die er dort pafft, nichts ausmacht, dann nur zu. Er hält die Tür geschlossen, und ich bleibe aus dem Zimmer heraus. Ich glaube, wir alle brauchen einen Platz, an dem wir uns verkriechen können, wenn wir es wollen. Ich habe mein Ankleidezimmer, und Jules hat sein Arbeitszimmer, und den Rest des Hauses teilen wir uns. Es klappt perfekt.«

Wenn im Kamin des Arbeitszimmers ein Feuer brannte, dann war Jules dort.

Ed schaltete sein Handy ein und wählte Jules' Privatnummer. Nach dem vierten Klingeln schaltete sich der Anrufbeantworter ein. Ed hörte geduldig zu, als Jules' auf Band gesprochener Gruß abgespielt wurde. Als der Piepton ertönte, sprach Ed auf Band. »Sie können ebensogut abheben, Jules. Ich sitze draußen im Wagen und kann den Rauch aus dem Kamin sehen. Ich weiß nicht, was mit Ihnen los ist, aber was auch immer das Problem sein mag, wir können es lösen. Aber ich kann nichts für Sie tun, wenn Sie nicht mit mir sprechen wollen.« Er legte eine Pause ein und gab dem Bankier die Möglichkeit, sich zu melden, doch nichts geschah. Er sprach weiter. »Ich bin Ihr Anwalt, Jules. Das heißt, alles, was geschieht, ist auch für mich ...«

»Sie sind gefeuert, Becker. Verschwinden Sie von meinem Zufahrtsweg.«

Die schroffen Worte aus dem Handy erschreckten Ed Becker, und einen Moment lang war er sprachlos. Aber er erholte sich schnell. »Was ist los, Jules? Was ist passiert?«

»Allerhand ist passiert«, erwiderte Jules Hartwick. »Aber Sie wissen alles darüber, nicht wahr, Ed? Nun, wissen Sie was? Ich weiß jetzt auch alles. Ich weiß, was in der Bank vorgeht, und ich weiß, was Madeline getrieben hat. Und ich weiß alles über Sie. Also verschwinden Sie von meinem Grundstück, bevor ich die Polizei rufe.«

Es knackte, und die Leitung war tot. Ed Becker starrte benommen und ungläubig auf das Herrenhaus der Hartwicks.

Zwanzig Minuten später, nachdem Jules Hartwick immer noch nicht die Tür geöffnet oder sich am Telefon gemeldet hatte, gab Ed Becker auf und fuhr in die Stadt zurück.

Irgendwo mußte es jemanden geben, der wußte, was Jules so aufgeregt hatte, davon war Ed Becker überzeugt.

Es sei denn, Jules war einfach verrückt geworden, wie Melissa Holloway angedeutet hatte.

»Oliver?« fragte Lois Martin. Ed Becker hatte die Büros des *Blackstone Chronicle* verlassen und war nicht klüger als vor der halben Stunde, vor der er zu Metcalf gefahren war, um herauszufinden, was mit Jules Hartwick passiert sein mochte. Oliver hatte seit Beckers Besuch stumm dagesessen, den Kopf in die Hände gestützt. »Oliver?« wiederholte Lois. »Ist alles in Ordnung?«

Der Verleger und Chefredakteur des *Chronicle* preßte die Hände gegen die Schläfen und kämpfte erfolglos gegen den zunehmenden Schmerz an. Die Kopfschmerzen hatten vor zehn Minuten begonnen, und jetzt war ihm obendrein noch übel. Er lehnte sich in seinem Sessel zurück und schloß die Augen. Das Licht der Leuchtstoffröhren im Büro war nicht heller als sonst, aber es blendete ihn plötzlich. »Hatten Sie jemals Migräne?« fragte er.

»Vor langer Zeit«, erwiderte Lois und verzog das Gesicht bei der Erinnerung. »Und ein paarmal auf dem College. Das Schlimmste, was ich jemals durchgemacht habe.« Sie ließ sich in den Sessel sinken, den Ed Becker vor Minuten verlassen hatte, und betrachtete ihren Chef besorgt. »Sind Sie sicher, daß es Migräne ist?«

»Ich hab' das Gefühl, mein Schädel zerspringt, das Licht sticht mir in die Augen, und mir ist übel. Es ist, als ob jemand einen Nagel mitten in meinen Kopf hämmern würde.«

»Das klingt nach Migräne«, pflichtete Lois ihm bei. »Wann hat es angefangen?«

»Dieser Anfall? Vielleicht vor zehn Minuten. Aber dies ist der dritte oder vierte, den ich in diesem Monat hatte.«

»Vielleicht sollten Sie zu Dr. Margolis gehen.«

»Oder vielleicht sollte Jules Hartwick das tun«, entgegnete Oliver. »Haben Sie gehört, was Ed gesagt hat?«

»Ja, aber ich kann es nicht glauben«, erwiderte

Lois. »Das paßt einfach nicht zu Jules. Ich meine, die ganze fixe Idee, daß Madeline Hartwick ein Verhältnis hat, ist doch lachhaft! Und selbst wenn es ein größeres Problem in der Bank geben sollte, ist Jules einfach nicht der Typ, der durchdreht.«

»Er ist auch nicht der Typ, der seinen Anwalt telefonisch feuert.« Oliver seufzte. »Aber er hat es getan. Was, zum Teufel, geht hier vor, Lois? Vorigen Monat beging Elizabeth McGuire Selbstmord, und jetzt klingt es, als wäre Jules Hartwick paranoid geworden.«

Lois Martin runzelte die Stirn. »Sie meinen doch nicht, es könnte einen Zusammenhang zwischen den beiden Fällen geben, oder?«

Bevor Oliver antworten konnte, schoß eine weitere Schmerzwelle durch seinen Kopf. Er spürte, wie seine Haut kalt und feucht wurde und sich sein Magen verkrampfte. »Gibt es irgend etwas zu tun, was Sie nicht allein erledigen könnten?« fragte er schwach, als der Schmerz etwas nachgelassen hatte.

»Es hat in den vergangenen fünf Jahren nichts gegeben, was ich nicht allein hätte erledigen können«, sagte Lois. »Gehen Sie zum Arzt, Oliver. Oder wenigstens nach Hause, ziehen Sie die Vorhänge zu, und legen Sie sich eine Weile hin.«

Oliver brachte ein Nicken zustande und stand benommen auf.

»Können Sie fahren?« fragte Lois besorgt, als Oliver sich auf dem Schreibtisch abstützen mußte, weil ihm schwindelig wurde. »Vielleicht sollte ich das Büro für ein paar Minuten schließen und ...«

»Es geht schon«, beteuerte Oliver, als der Schwindel nachließ. Er ging probeweise ein paar Schritte und lächelte schwach. »Sehen Sie? Völlig sicher.«

»Seien Sie nur vorsichtig«, mahnte Lois, als sie ihm in den Mantel half. »Und rufen Sie mich an, wenn Sie daheim angekommen sind. Sonst komme ich bei Ihnen vorbei und bemuttere Sie wie eine alte Glucke. Sie werden es verabscheuen.«

»Ich rufe an«, versprach Oliver.

Er stieg in seinen Volvo und zuckte zusammen, als der Motor laut ansprang. Einen Augenblick später, als der Motor mit normaler Drehzahl lief, ließ der klopfende Kopfschmerz leicht nach. Oliver fuhr vom Parkplatz vor dem *Chronicle* aus die Prospect hinunter zur Amherst Street und den langen Hang zum North Hill hinauf. Obwohl die Straße mit einer dicken Schneeschicht bedeckt und glatt war, geriet der Volvo nur einmal ins Schlittern, und keine fünf Minuten später fuhr Oliver durch das Tor zum Gelände der ehemaligen Irrenanstalt und bog nach links ab auf die Nebenstraße, die zu seinem Häuschen führte.

Oliver betätigte beim Näherkommen die Fernbedienung, und die Tür seiner Garage war gerade ganz aufgeglitten, als er hindurchfuhr. Er stieg aus dem Wagen und öffnete die Tür, die in den Waschraum seines Hauses führte, doch als er auf den Knopf in der Wand drücken wollte, um das Garagentor zu schließen, fiel sein Blick auf die Irrenanstalt, die ungefähr fünfzig Meter entfernt auf der Hügelkuppe am Ende der breiten, gewundenen Straße aufragte.

Etwas daran wirkte irgendwie verändert.

Oliver verließ die Garage, trat in den hellen Sonnenschein des Morgens und spähte zu dem alten Gebäude hinauf.

Das steil abfallende Kupferdach war mit einer dicken, glitzernden Schneedecke überzogen. Einen Augenblick lang konnte er sich das Gebäude fast vorstellen, wie es vor einem Jahrhundert ausgesehen haben mußte, als es als Privathaus erbaut worden war. Er versuchte, sich auszumalen, wie es zur Weihnachtszeit gewesen sein mußte, wenn bunte Schlitten, von mit silbernen Glöckchen geschmückten Pferden gezogen, den Hügel hinaufgekommen waren und Frauen in eleganten Kleidern und Pelzen und Männer mit Zylinderhüten und Cuts Jonas Connally besucht hatten, der das Gebäude als Herrenhaus für seine Familie hatte erbauen lassen.

Das war es nicht lange geblieben. Der Patriarch des Connally-Clans war nur ein Dutzend Jahre nach der Fertigstellung seines Herrenhauses gestorben, und fünf Jahre später war es für die einzige andere Nutzung umgebaut worden, die es je erlebt hatte.

Zum Heim für Geisteskranke.

Oder war es in Wirklichkeit eigentlich ein Gefängnis gewesen?

Oliver war sich dessen nie ganz sicher gewesen, doch im Laufe der Jahre hatte er viele Geschichten von Leuten gehört, die vielleicht gewußt hatten, worüber sie sprachen, vielleicht auch nicht.

Ganz genau wußte er nur, daß er vor dem imposanten Gebäude immer schreckliche Angst gehabt hatte. So große Angst, daß er sich nicht getraut hatte, es auch nur zu betreten. Doch heute morgen, während sein Kopf schmerzte und ihm übel war, fühlte er sich zu dem längst verlassenen Gebäude hingezogen.

Oliver vergaß die Kälte des Morgens und stapfte durch den tiefen Schnee den gewundenen Zufahrtsweg hinauf zu dem großen Portal aus Eiche. Die Stille über dem North Hill wurde nur von dem Knirschen des Schnees unter seinen Füßen durchbrochen.

An der Treppe zögerte er einen Augenblick lang, doch dann stieg er auf die breite Veranda hinauf. Er schaute einen Moment auf das große Eichenportal, und dann umfaßte er den großen Türgriff aus Bronze, um das Portal zu öffnen. Als Oliver das eiskalte Metall berührte, erfaßte ihn eine weitere Woge der Übelkeit, und seine Hand zuckte im Reflex zurück, als wäre der Griff glühend heiß. Die Übelkeit verstärkte sich noch. Oliver machte kehrt und taumelte die Treppe hinunter.

Er fiel auf die Knie und erbrach sich im Schnee. Um Atem ringend, rappelte er sich dann auf und wankte den Hügel hinab zu seinem Haus. Er wollte nicht so lange draußen bleiben, bis er die Haustür aufgeschlossen hatte, und so ging er durch die Garage und den Waschraum und schlug die Tür hinter sich zu.

Sein Herz hämmerte. Er lehnte sich gegen die Waschmaschine und versuchte, zu Atem zu kommen. Langsam ließ die Übelkeit nach, und seine Atmung normalisierte sich. Sogar der stechende Kopfschmerz wurde erträglicher. Als das Telefon klingelte, wankte er in die Küche und nahm mit zitternder Hand den Hörer des Nebenapparats ab.

»Oliver?« fragte Lois Martin. »Sind Sie das?«

»J-ja«, brachte Oliver heraus.

»Gott sei Dank.« Lois atmete auf. »Ich habe schon dreimal versucht, Sie zu erreichen. Wenn Sie sich diesmal nicht gemeldet hätten, dann wäre ich raufgekommen. Ist alles mit Ihnen in Ordnung?«

»Mir geht's prima«, sagte Oliver, doch noch während er es sagte, wußte er, daß es eine Lüge war.

5

Madeline Hartwick bog von der Autobahn ab und drosselte das Tempo auf genau zehn Stundenkilometer über der erlaubten Höchstgeschwindigkeit. Noch zwanzig Minuten, und sie würde sicher zurück in Blackstone sein, trotz Celestes Behauptung an diesem Morgen, es sei Wahnsinn, heute nach Boston zu fahren. Madeline hatte sich nicht von ihrem Entschluß abbringen lassen; sie waren beide viel zu aufgeregt, um den ganzen Tag zu Hause herumzusitzen, besorgt nach Jules' grundlosem Ausbruch und angespannt auf seine Heimkehr von der Bank wartend.

»Wir fahren runter nach Boston, erledigen einige Einkäufe und essen gut zu Mittag«, schlug sie Celeste keine zehn Minuten nach Jules' Weggang vor. Celeste war dagegen gewesen, doch Madeline hatte sich durchgesetzt, und als sie sich in den Läden der Newbury Street umgesehen hatten, war Madeline bereits überzeugt gewesen, daß Jules' verrückte Anschuldigungen zweifellos durch den Streß entstanden sein mußten, den er wegen der Buchprüfung in der Bank hatte; wenn er heimkehrte, würde alles vergessen sein. Viel Lärm um nichts. Und sie hatte auch niemand mit dem Cadillac totgefahren, wie Celeste angesichts des Schneesturms der vergangenen Nacht so hartherzig prophezeit hatte.

Die Spannung, die sich immer in ihr aufstaute, wenn sie über die Autobahn fuhr, fiel ab von Madeline, und sie ließ sich bequem in den Sitz sinken und seufzte zufrieden. »Ich weiß nicht, wie es bei dir ist«, sagte sie mit einem Seitenblick zu ihrer Tochter, »aber ich fühle mich viel besser.«

Celeste – nicht annähernd so zuversichtlich bezüglich ihres Vaters, wie ihre Mutter es offenbar war – verdrehte die Augen. »Ich bin mir nicht sicher, warum du dich besser fühlst, wenn du Papa finanziell zugrunde richtest«, sagte sie. »Und ich verstehe gewiß nicht, wie es die schrecklichen Dinge wiedergutmacht, die er heute morgen gesagt hat.«

»Das ist wirklich sehr einfach, Mädchen«, erklärte ihre Mutter. »Ich habe meinen Zorn mit meinen Kreditkarten abreagiert. Dein Vater hat für das, was er gesagt hat, gebüßt, indem er mir eine todschicke Valentino-Jacke gekauft hat.«

»Aber er weiß nicht, daß er sie gekauft hat!« wandte Celeste ein.

»Er wird es erfahren, wenn er die Abbuchung sieht«, erwiderte Madeline. »Und bis dahin werden seine Schuldgefühle über das Gesagte so groß sein, daß er nicht mal blinzelt, wenn er sieht, wieviel die Jacke gekostet hat.«

»Aber zu behaupten, du hättest eine Affäre ...«

»Ah.« Madeline nahm die Hand gerade lange genug vom Lenkrad, um die Worte ihrer Tochter wegzuwischen. »Wenn du es dir genau überlegst, dann ist es eher ein Kompliment, ein Beweis dafür, daß er mich noch für attraktiv genug hält, daß jemand eine Affäre mit mir haben möchte. Besonders jemand, der so jung und hübsch ist wie Andrew!«

»Mutter!«

»Oh, um Himmels willen, Celeste – sei nicht so prüde. Wenn du mit Andrew so lange verheiratet bist wie dein Vater und ich, wirst du verstehen, daß die Dinge nicht immer leicht sind. Wenn nicht, wirst du bereits ein paarmal geschieden sein, bis du in meinem Alter bist. Es gibt Streit in jeder Ehe, meine Liebe. Du mußt lernen, damit fertig zu werden, ohne gleich Schluß zu machen und davonzulaufen.«

»Aber was Papa gesagt hat, war unverzeihlich und ...«, begann Celeste.

Madeline, die das heute schon alles dreimal gehört hatte, ließ sie nicht aussprechen. »Alles ist verzeihbar, wenn du verzeihen willst«, sagte sie. »Und ich möchte nicht mehr darüber diskutieren. Laß uns heimfahren und abwarten, wie sich dein Vater verhält, wenn er von der Bank heimkehrt. In Ordnung?«

Celestes Seufzen brachte eher ihre Resignation zum Ausdruck als ihre Zufriedenheit, aber sie entschloß sich, das Thema zu beenden, jedenfalls für den Augenblick. Wenn ihre Mutter entschlossen war, in dem Verhalten ihres Mannes kein ernstes Problem zu sehen, dann hatte es keinen Sinn, etwas anderes zu sagen. Jedenfalls nicht im

Augenblick. Celeste verfiel in Schweigen und betrachtete die Winterlandschaft. Vielleicht würde sie mit Andrew an diesem Wochenende rüber nach Stowe fahren und etwas Ski laufen. Vorausgesetzt natürlich, daß sie und Andrew am Wochenende noch zusammen waren. Wenn ihr Vater die abscheuliche Geschichte in der Bank verbreitete, war nicht vorherzusehen, was Andrew machen würde. Aber vielleicht hatte ihre Mutter recht, und der ganze schreckliche Zwischenfall war nicht wirklich von Bedeutung.

Ein paar Minuten später, als sie auf den Zufahrtsweg bogen, sah Celeste jedoch den Rauch aus dem Schornstein des Arbeitszimmers aufsteigen, und sie warf einen Blick auf die Uhr im Armaturenbrett. 16 Uhr 05. Was machte ihr Vater daheim? Er kam nie vor sechs Uhr nach Hause.

Als Madeline den Cadillac unter der Toreinfahrt parkte, sah Celeste die Reifenspuren im Schnee, die Ed Beckers Wagen an diesem Morgen hinterlassen hatte. »Da stimmt was nicht, Mutter«, sagte Celeste. Sie stieg aus dem Wagen, aber anstatt Madeline zu helfen, die Einkäufe aus dem Kofferraum zu holen, ging sie weiter den Zufahrtsweg hinauf, bis sie deutlich den Pfad sehen konnte, den jemand in den Schnee gebahnt hatte. »Mutter, es sieht aus, als ob jemand versucht hätte, ins Haus zu gelangen«, rief sie.

»Nun, dafür wird es bestimmt eine vernünftige Erklärung geben«, sagte Madeline, als sie einen Augenblick später neben ihrer Tochter stand, beladen mit Päckchen und Einkaufstüten. »Vielleicht hat dein Vater ...«

»Warum sollte Papa versuchen, in sein eigenes Haus einzubrechen?« fragte Celeste. »Vielleicht sollten wir nicht reingehen! Vielleicht sollten wir die Polizei rufen ...«

»Blödsinn!« sagte Madeline. »Um Himmels willen, wir würden uns nur lächerlich machen. Außerdem hast du soeben selbst darauf hingewiesen, daß Rauch aus dem Schornstein über dem Arbeitszimmer deines Vaters aufsteigt. Wenn sich die Welt nicht grundlegender verändert hat, als ich annehme, dann zünden Einbrecher kein Feuer an, damit sie es warm haben, während sie ein Haus durchsuchen. Hol die restlichen Päckchen aus dem Wagen, und ich sehe mir inzwischen an, was hier los ist.«

Madeline ignorierte Celestes Einwände, stieg die Treppe hinauf und kramte nach ihren Schlüsseln, bis sie den richtigen fand. »Jules?« rief sie, als sie ihre Päckchen auf dem Tisch in der Halle abstellte. »Jules, bist du da?« Als sie keine Antwort erhielt, ging sie zur Bibliothek und klopfte laut gegen die geschlossene Tür des Arbeitszimmers. »Jules? Darf ich reinkommen?«

Keine Antwort.

»Jules?«

Eine gedämpfte Stimme ertönte von der anderen Seite der Tür. »Hau ab.«

Madeline versuchte, den Türgriff zu drehen.

Abgeschlossen.

»Jules, ich möchte mit dir reden!«

Als sie keine Antwort aus dem Arbeitszimmer bekam, stieg Madeline die Treppe hinauf und ging zu ihrem Ankleidezimmer. Sie bewahrte einen Ersatzschlüssel für jedes Zimmer des großen alten Hauses in der obersten Schublade ihrer Kommode auf. Vor dem Ankleidezimmer verharrte sie jedoch abrupt. Die Tür stand einen Spalt offen. In dem Zimmer war jede Schublade und jede Schranktür aufgerissen, und ihre Unterwäsche lag verstreut auf dem Teppichboden. Der Zorn, den sie so erfolgreich durch die Einkäufe in den Boutiquen der Newbury Street bekämpft hatte, kehrte zurück. Jules kam nie in ihr Ankleidezimmer, genau wie sie niemals sein Arbeitszimmer betrat. Heute war er jedoch nicht nur in ihr Heiligtum eingedrungen, sondern hatte auch noch ihre Sachen durchsucht! Er hatte doch nicht ernsthaft geglaubt, einen Beweis für ihre Affäre zu finden, die er sich einbildete! Es war lächerlich! Unerträglich!

Madeline ignorierte die Kleidungsstücke auf dem Boden und ging an ihren Frisiertisch. Obwohl jede Schublade offensichtlich durchsucht worden war, fehlte nichts, und sie fand schnell das Schlüsselbund.

Celeste betrat gerade die Halle, als Madeline am Fuß der Treppe eintraf. Zusammen gingen die beiden Frauen zur abgeschlossenen Tür des Arbeitszimmers. Madeline klopfte noch einmal laut gegen die Vertäfelung aus Mahagoni, und als sich nichts tat, probierte sie die Schlüssel aus, bis sie den passenden fand. Sie hörte, wie das Schloß aufschnappte, und drehte den Türgriff. Die Tür schwang auf.

Jules saß hinter seinem Schreibtisch und starrte sie finster an. Eine fast leere Flasche Scotch stand vor ihm.

Madeline ging zu ihm. »Ich weiß nicht, was los ist, Jules«, sagte sie sanft. »Aber ich weiß, daß es nicht hilft, wenn du diese Flasche leer trinkst.«

»Du weißt genau, was los ist, du Schlampe!«

Madelines Hand reagierte, als hätte sie einen eigenen Willen. Sie schlug ihrem Mann ins Gesicht, aber noch bevor das Brennen ihrer Handfläche nachließ, bedauerte sie ihr Handeln. »O Gott, Jules, ich wollte nicht ...«

»Das wolltest du seit Jahren tun, nicht wahr?« grollte Jules mit schwerer Zunge. »Meinst du, ich hätte das nicht gewußt? Nun, ich weiß es, Madeline. Ich weiß alles.«

Madeline biß sich auf die Unterlippe, um die Beherrschung nicht zu verlieren, und atmete tief durch. »Also gut«, sagte sie. »Ich sehe, daß es im Augenblick keinen Sinn hat, mit dir zu reden. Das Abendessen wird um sieben fertig sein. Komm zum Essen oder nicht, wie du willst.« Sie nahm die Flasche Scotch mit, verließ das Arbeitszimmer und schloß die Tür hinter sich.

»Was ist?« fragte Celeste. »Mutter, was ist mit ihm?«

»Ich weiß es nicht«, antwortete Madeline.

»Aber ich finde, es ist an der Zeit, Dr. Margolis anzurufen.«

Die beiden Frauen kehrten durch die Bibliothek in die Halle zurück, wo auf einem Tischchen am Fuß der breiten Treppe das Telefon stand. Madeline nahm den Hörer ab und wählte die Nummer von Philip Margolis' Praxis.

»Nancy?« sagte Madeline. »Hier ist Madeline Hartwick. Ich möchte bitte mit Philip sprechen.«

»Der ist leider in Concord, Mrs. Hartwick«, sagte Nancy Conway, die Sprechstundenhilfe. »Kann ich etwas für Sie tun?«

Madeline zögerte. Sie kannte Nancy Conway seit zwanzig Jahren und mochte sie, aber ihr war klar, daß Nancy noch nie in ihrem Leben ein Geheimnis bewahrt hatte und auch noch nie etwas weitererzählt hatte, ohne es aufzubauschen. Wenn sie bei Nancy auch nur etwas von den Dingen andeutete, die Jules tat und sagte, würde morgen jeder in Blackstone wissen, daß er den Verstand verloren hatte. Es war besser, sich heute abend selbst mit dem Problem zu befassen und gleich morgen früh direkt mit Philip Margolis zu sprechen. »Nein danke, Nancy«, sagte sie, »es ist nicht so wichtig.«

6

Als die Sinfonie der Glocken durch das Haus der Hartwicks hallte und die Stunde des Abendessens ankündigte, trug Madeline das letzte Tablett ins Eßzimmer, wo sie, Jules und Celeste stets aßen, wenn sie allein waren. Heute abend hatte sich Madeline besondere Mühe gegeben, ihren bekümmerten Mann zu erfreuen. Sie hatte den Tisch mit einer ihrer besten Spitzendecken gedeckt, den silbernen Kandelaber aufgestellt, der Jules' Mutter gehört hatte – und der auch auf dem Porträt zu sehen war, das sie auf dem Speicher gefunden und in die Bibliothek gebracht hatten – und das kostbare Porzellangeschirr mit den Jagdmotiven aus dem Schrank geholt, das stets sein Lieblingsgeschirr gewesen war. Celeste hatte sogar ein Dutzend Rosen gekauft, farblich perfekt abgestimmt mit dem Rot der Flasche Burgunder, die Madeline vor einer halben Stunde geöffnet hatte.

Madeline schaltete die Außenbeleuchtung an und verwandelte die dunkle Landschaft jenseits der Fenster in eine weißglitzernde Winterkulisse. Als sie auf ihren Mann und ihre Tochter wartete, sagte sie sich, daß das liebevoll zubereitete Essen und das Ambiente Jules ganz einfach aufheitern mußten, ganz gleich, wie schlecht seine Stimmung heute auch gewesen sein mochte. Als jedoch Celeste beim letzten Schlag der Uhren das

Eßzimmer betrat, war ihr Vater nicht bei ihr. »Meinst du, er läßt sich überhaupt blicken?« fragte Celeste, als sie Platz nahm und ihre Mutter Wein einschenkte.

»Ich weiß es nicht«, erwiderte Madeline, und es klang ruhiger, als sie sich fühlte.

»Aber ...«

»Nichts aber«, unterbrach Madeline und paßte den Inhalt ihres Weinglases perfekt dem Pegel der anderen beiden Waterford-Pokale an. »Wenn er uns nicht sagen will, was los ist ...« Ihre Stimme verklang, als sie Jules' Schritte nahen hörte.

Als er auf der Türschwelle auftauchte, zwang sie sich zu einem Lächeln, hinter dem es ihr gelang, die vielen Gefühle zu verbergen, die sie den ganzen Tag über aufgewühlt hatten. »Ich habe dein Lieblingsessen serviert«, sagte sie, ergriff Jules am Arm und zog ihn ins Eßzimmer. Als er sich von ihr losriß, entschied sie sich, es zu ignorieren und seinen Stuhl für ihn heranzuziehen. »Filet Mignon, genau medium, eine Folienkartoffel mit all den Dingen, die schlecht für dich sind, grüne Bohnen mit Mandeln und ein Salat Caesar. Und ich habe eine Flasche Pauillac geöffnet, ein Jahrgang '85.«

Jules musterte den Tisch sorgfältig, als suche er nach etwas, das ihn anspringen könnte, und einen Moment lang befürchtete Madeline, er würde aus dem Eßzimmer stürzen. Doch dann wich er von seinem Stuhl zurück und setzte sich auf ihren. Er blickte zu ihr auf, und seine Augen glitzerten im Kerzenschein. »Was dagegen, wenn ich heute abend auf deinem Stuhl sitze?« fragte er, und seine Lippen verzogen sich zu einem sonderbaren Lächeln. Es kam Madeline seltsam triumphierend vor, als hätte er soeben eine Art Sieg über sie errungen. »Wärst du damit einverstanden?«

»Selbstverständlich«, erwiderte sie und setzte sich sofort auf den Platz, auf dem normalerweise Jules saß. Es kam ihr ausgesprochen fremd vor, aber wenn ein Platztausch ihren Mann beruhigte, dann konnte er ihn haben. Sie nahm ihr Besteck, schnitt ein Stückchen Steak ab und schob es in den Mund.

Jules stand abrupt auf. »Ich habe es mir anders überlegt. Ich sitze doch dort.«

Madeline preßte die Lippen aufeinander, sagte jedoch nichts. Sie erhob sich und nahm ihren Teller.

»Laß ihn stehen«, sagte Jules im Befehlston.

Celeste, die bis jetzt am Tisch noch überhaupt nichts gesagt hatte, brach ihr Schweigen. »Um Himmel willen, Papa, was soll das? Meinst du, Mutter hätte dein Essen vergiftet oder was? Das ist ja gerade so, als ...« Celeste verstummte, als sie den bohrenden Blick ihres Vaters sah. Seine Augen hatten einen fiebrigen Glanz, den sie noch nie bei ihm gesehen hatte. Sie blickte schnell fort und sah zu ihrer Mutter, die leicht den Kopf schüttelte und ihr damit zu verstehen gab, daß sie das Thema wechseln sollte. »Vielleicht können wir über die Hochzeit reden«, begann sie, und sie hatte noch nicht ausgesprochen, als ihr klar wurde, daß sie einen Fehler gemacht hatte.

»Und welche Hochzeit wäre das?« fragte ihr Vater mit kalter Stimme.

»M-meine und Andrews«, stammelte Celeste kaum hörbar.

Jules Blick schien sie zu erdolchen. »Wirklich, Celeste, für wie blöde hältst du mich?« Abermals warf Celeste einen hilfesuchenden Blick zu ihrer Mutter, doch diesmal bekam ihr Vater es aus dem Augenwinkel heraus mit. »Schau nicht zu ihr, Celeste. Sie kann dir diesmal nicht helfen. Ich bin ihr und Andrew auf die Schliche gekommen. Und sogar dir.«

Celeste legte ihre Gabel ab. Sie hatte zu zittern begonnen. »Warum tust du das, Papa? Warum redest du, als hätte sich jeder gegen dich verschworen? Warum ...«

»Und ob sich jeder gegen mich verschworen hat!« brüllte Jules und schlug so hart mit der Faust auf den Tisch, daß sein Weinglas umfiel. Ein dunkler Fleck breitete sich auf dem Tisch aus wie Blut aus einer Wunde. »Es wird keine Hochzeit geben, Celeste! Jedenfalls nicht für diesen Bastard Andrew Sterling. Und morgen früh wird er aus der Bank fliegen. Verstehst du? Wie kann er es wagen zu denken, er könnte meine Bank übernehmen! Und wie kannst du es wagen zu denken, ihn zu heiraten! Begreifst du denn nicht? Er will alles, was ich habe. Meine Bank, meine Frau, meine Tochter – alles! Aber er wird es nicht bekommen! Nichts davon! Gar nichts davon, gottverdammt!«

Celeste brach in Tränen aus und flüchtete vom Tisch.

Madeline erhob sich, um ihrer Tochter zu folgen, doch als sie Celeste die Treppe hinaufrennen hörte, wandte sie sich ihrem Mann zu, und ihr Blick war jetzt fast so zornig wie seiner. »Hast du den Verstand verloren, Jules?« fragte sie. »Ich habe vorhin bei Dr. Margolis angerufen, und ich werde ihn morgen noch einmal anrufen. Unterdessen schlage ich vor ...«

»Du schlägst gar nichts vor!« Jules stand auf und hielt seine rechte Hand tief in der Hosentasche vergraben. »Was hast du vor, mich ins Irrenhaus zu stecken? Nun, das könnte dir so passen, Madeline! Wenn ich den Leuten erzähle, was du getrieben hast – du und Andrew und auch Celeste –, dann landet ihr alle im Knast! Oder ist sonst noch jemand an der Verschwörung beteiligt?« Er kniff die Augen zu Schlitzen zusammen. »Du solltest mir erzählen, was ihr plant, Madeline. Ich werde es ohnehin herausfinden, damit du es weißt. Ich werde so oder so alles herausfinden.«

Er ging langsam auf Madeline zu, aber sie wandte sich ab und schritt aus dem Eßzimmer. Als er das Eßzimmer und den kleinen Gang zur

Halle durchquert hatte, war sie bereits am Fuß der breiten Treppe.

»Ich gehe nach oben, Jules«, sagte sie mit ruhiger Stimme und sah ihm gelassen in die Augen. »Ich habe keine Affäre mit irgendeinem Mann, und ich bin nicht darauf aus, dein Leben zu ruinieren. Und ebensowenig haben Celeste und Andrew das vor. Wir alle lieben dich, und wir alle wollen dir helfen.« Sie legte eine Pause ein, und als sie dann weitersprach, wählte sie den beruhigenden Tonfall, mit dem sie stets Celeste als Kind besänftigt hatte. »Es wird alles gut werden, Jules. Was auch immer durcheinander ist, ich werde es in Ordnung bringen. Doch jetzt gehe ich rauf und kümmere mich um unsere Tochter. Dann werde ich in ein paar Minuten wieder nach unten kommen, und wir beide können uns über alles aussprechen.« Als er nichts sagte, wandte sie sich ab und eilte die Treppe hinauf.

Jules, der das Medaillon mit seiner rechten Hand umklammerte, schaute ihr nach, bis sie im Obergeschoß verschwand. Um Celeste kümmern, na klar! Er konnte sie fast hören, wie sie zusammen in Celestes Zimmer flüsterten und Böses gegen ihn planten.

Was planten sie?

Würde Madeline tatsächlich Dr. Margolis anrufen und versuchen, ihn in eine Irrenanstalt einsperren zu lassen?

Natürlich! Sie würde alles tun, um ihn loszuwerden, damit sie und Andrew die Bank übernehmen konnten. Und Celeste spielte natürlich auch eine Rolle in diesem Plan!

Wie dumm von ihm, daß er das nicht schon vor Monaten erkannt hatte! Aber natürlich war das das Geniale an ihrem Plan gewesen – Celeste gab vor, Andrew zu lieben, damit er niemals auf den Verdacht kommen würde, daß es Andrew und Madeline miteinander trieben! Aber er war gerade noch rechtzeitig dahintergekommen.

Und er würde es stoppen.

Jules stand jetzt am Fuß der Treppe. Plötzlich leuchtete eines der Lämpchen am Telefon auf.

Sie versuchten, jemand anzurufen! Bestimmt einen ihrer Mitverschwörer!

Er wollte die Treppe hinauflaufen und sie stoppen, doch dann wurde ihm klar, daß sie bestimmt Celestes Zimmertür abgeschlossen hatten, damit er nicht herein konnte.

Die Telefone!

Er konnte den Anschluß herausreißen! Anstatt hinaufzugehen, lief er durch das Eßzimmer in die Küche und von dort aus ins Kellergeschoß. Er tastete in der Dunkelheit und fand den Lichtschalter. Das helle Licht der nackten Birne stach durch die Dunkelheit.

Der Waschraum.

Dort befand sich der Hauptschaltkasten, und er war überzeugt, daß sie den Kasten manipuliert und das neue Telefonsystem angezapft hatten, das er im vorigen Jahr installiert hatte.

Er eilte in den Waschraum, tastete nach dem Lichtschalter und sah einen Augenblick später den Schaltkasten. Genau dort, wo er ihn in Erinnerung hatte.

Dutzende von Kabeln führten von den Steckdosen in der Wand zu dem Kasten. Jules musterte sie kurz und riß sie dann wahllos heraus.

Durch reinen Zufall war eines der ersten Kabel, das er herausriß, der Anschluß von draußen. Während er weiter Kabel und Drähte herausriß, waren die Telefonleitungen im Haus bereits tot.

7

Jules Hartwick riß den letzten Draht aus dem Schaltbrett des Sicherungskastens. Dann trat er schwer atmend zurück, betrachtete sein Werk und lauschte in die Stille, die sich über das Haus gesenkt hatte.

Was hatten sie sich gedacht? Für wie blöde hielten sie ihn? Auch wenn er den ganzen Tag in seinem Arbeitszimmer gesessen hatte, war ihm nicht entgangen, was sie getan hatten. Er hatte sie so deutlich gehört, als wären sie im selben Zimmer mit ihm gewesen.

Sie hatten über ihn geredet.

Über ihn gelacht.

Sich gegen ihn verschworen.

Aber er hatte sie ausgetrickst. Jetzt hatte er alles unter Kontrolle, und sie konnten mit keinem von draußen reden, nur noch miteinander.

Wen hatten sie angerufen?

Den Verräter, Andrew Sterling?

Den Quacksalber, Philip Margolis?

Oder sonst jemand?

Es gab so viele von ihnen dort draußen.

Feinde. Sie waren nicht nur in seinem Haus und seiner Bank. Sie waren in der ganzen Stadt. Beobachteten ihn. Flüsterten über ihn.

Verschworen sich gegen ihn.

Wie lange war das so gegangen? Wie lange hatten sie ihn täuschen können, ihm vorheucheln können, seine Freunde zu sein? Nun, es war jetzt alles vorüber. Alles war kristallklar, und endlich hatte er sein Leben wieder unter Kontrolle. Und so würde es bleiben.

Jules verließ den Waschraum. Das Licht ließ er an, weil er seinen Feinden keine Dunkelheit bieten wollte, in der sie sich verstecken konnten. Er ging durch das Kellergeschoß und schaltete systematisch jede Lampe an, bis das Labyrinth der staubigen Räume unter dem Haus frei von Schatten war, in denen seine Feinde hätten lauern können. Als alle Lampen im Keller brannten, kehrte er zufrieden in die Küche zurück. Auch dort schaltete er alle Lampen an.

Von der großen Leiste über der Arbeitsplatte wählte er ein Messer mit Zehn-Zoll-Klinge, die durch sorgfältiges Schleifen rasiermesserscharf war. Der glatte Griff, vor fast einem Jahrhundert aus Ebenholz geschnitzt, lag perfekt in seiner Hand, und als er sie darum schloß, spürte er, wie die Kraft der Waffe in seinen Körper überging. Er umklammerte das Messer wie wenige Minuten zuvor das Medaillon, verließ die Küche, schlich durch das Anrichtezimmer und ins Eßzimmer, wobei er immer noch jedes Licht einschaltete, um alle dunklen Ecken, in denen sich seine Feinde verstecken konnten, taghell zu erleuchten.

Lautlos wie ein Geist schlich Jules Hartwick durch die Halle seines Hauses und vertrieb die Dunkelheit aus den Zimmern, wie das Medaillon in seiner Tasche seinen Verstand vertrieben hatte.

Madeline und Celeste lauschten in die Stille des Hauses.

Nachdem die Leitung plötzlich tot gewesen war, als Madeline mit Philip Margolis' Antwortdienst hatte sprechen wollen, hatte sie angenommen, die Verbindung sei beim Antwortdienst selbst unterbrochen worden. Als sie jedoch die Wiederwahl-Taste drückte und nichts geschah, ging ihr Ärger über die Unfähigkeit des Antwortdienstes in Furcht über. Gewiß irrte sie sich.

Jules war aufgeregt, aber er würde doch nicht die Telefonleitungen unterbrechen – oder?

Sie drückte die Knöpfe, die eine Verbindung zu den anderen Anschlüssen im Haus herstellten. Keines der Lämpchen ging an. Die Totenstille im Hörer sagte ihr, daß alle Leitungen tot waren. Sie knallte den Hörer auf die Gabel. Ihre Gedanken huschten hin und her wie eine Maus in einem Irrgarten.

Das Fenster öffnen und um Hilfe rufen?

Sie zuckte bei dem Gedanken zusammen, zu welchem Gerede das führen würde. Wenn die Probleme in der Bank im Augenblick schon schlimm waren, dann würden sie morgen zehnmal schlimmer sein, wenn jeder in der Stadt wissen würde, daß Jules ...

Sie weigerte sich, den Gedanken zu Ende zu führen und auch nur insgeheim davon auszugehen, daß Jules wahnsinnig geworden war. Jules stand unter Streß – unter enormem Streß –, aber er war nicht verrückt. *Sie* konnte damit fertig werden. Sie atmete tief durch, um die Nerven zu behalten, und wandte sich an Celeste. »Bleib hier«, wies sie ihre Tochter an. »Ich gehe nach unten und rede mit deinem Vater.«

»Bist du verrückt?« fragte Celeste. »Mutter, er hat die Telefonleitungen unterbrochen! Wer weiß, was er als nächstes tun wird.«

Madeline wappnete sich gegen die Furcht, die in ihr aufstieg, denn wenn sie ihr nachgab, würde sie den Mut ganz verlieren. »Dein Vater wird mir nichts tun«, sagte sie. »Wir sind seit fünfundzwanzig Jahren verheiratet, und er war nie gewalttätig. Ich bezweifle, daß er es jetzt werden wird.« Sie wandte sich zur Tür.

»Ich komme mit«, sagte Celeste.

Madeline war versucht, ihre Tochter zurückzuschicken, doch dann erinnerte sie sich an den Ausdruck von Jules' Augen, als er sie vom Fuß der Treppe aus angestarrt hatte, und besann sich anders. Sie öffnete die Tür von Celestes Zimmer und trat auf den Gang hinaus.

Im Haus war es still wie in einer Gruft.

Unbewußt nahm Madeline ihre Tochter an der Hand und schlich zum oberen Treppenabsatz. Sie wollte gerade über das Treppengeländer nach unten in die Halle spähen, als die Stille durch den Gong der Wanduhr zerrissen wurde, der die halbe Stunde schlug. Während Madeline und Celeste bei dem plötzlichen Geräusch zusammenzuckten, begannen alle anderen Uhren im Haus zu schlagen, und eine Kakophonie von

Gongs und Glockenschlägen hallte durch die Zimmer.

Dann war es so schnell vorüber, wie es begonnen hatte. Abermals senkte sich Totenstille über sie.

»Wo ist er?« wisperte Celeste. »Was macht er?«

Bevor Madeline antworten konnte, tauchte Jules am Fuß der Treppe auf. Er hielt die Hände hinter dem Rücken und starrte finster zu ihnen empor.

»Bleib hier«, wies Madeline ihre Tochter mit fester Stimme an. »Ich versuche, mit ihm zu reden. Wenn etwas passiert, schließt du dich in deinem Zimmer ein. Dort wirst du in Sicherheit sein.«

»Mutter, tu es nicht«, flehte Celeste, aber Madeline ging bereits langsam die Treppe hinunter, den Blick auf ihren Mann gerichtet.

Hab keine Angst vor ihm, sagte sie sich. Er wird dir nichts tun.

Aus ihrem Zimmer im Haus nebenan beobachtete Rebecca Morrison neugierig, wie hinter jedem Fenster im Erdgeschoß des Hartwick-Hauses das Licht anging.

Gaben die Hartwicks wieder eine Party?

Bestimmt nicht – es war kein Wagen eines Speisen- und Getränkelieferanten vorgefahren, und sie hatte auch keinen der Kellner gesehen, die Madeline stets engagierte, wenn sie zu einer großen Feier einlud. Und es war bereits 19 Uhr 30, lange nach der Zeit, zu der die Partys nebenan immer begannen.

Sie war jedoch überzeugt davon, daß irgend etwas Ungewöhnliches geschah, denn wenn die Hartwicks keine Gäste hatten, waren die unbenutzten Zimmer stets dunkel.

»Rebecca? Was machst du da, Kind?«

Rebecca erschrak, als sie die Stimme ihrer Tante hörte. Sofort ließ sie den Vorhang zufallen, durch den sie gespäht hatte. Als sie sich zu ihrer Tante umwandte, kniff Martha Ward die Augen zu Schlitzen zusammen, und ihre Lippen verzogen sich mißbilligend.

»Spionierst du wieder bei unseren Nachbarn, Rebecca?«

»Ich habe nur hingeschaut«, antwortete Rebecca. »Und da passiert etwas Seltsames, Tante Martha. Alle Lichter ...«

»Ich will das nicht hören«, unterbrach Martha. »Und du sollst nicht spionieren. Wir werden in die Kapelle gehen und um Vergebung beten.«

»Aber Tante Martha«, begann Rebecca. »Vielleicht ...«

»Schweig!« fuhr Martha Ward ihre Nichte an. »Ich will nicht mit deinen Sünden befleckt werden, Rebecca. Komm mit!«

Rebecca warf einen letzten Blick zu dem Vorhang am Fenster, der jetzt die Sicht auf das Nachbarhaus verdeckte. Dann gehorchte sie schweigend und folgte ihrer Tante in die Kapelle. Als der Gregorianische Choral ertönte, kniete sie sich vor den Altar mit den brennenden Kerzen, deren Hitze und Rauch dem Raum die Atemluft zu entziehen schienen. Ihre Tante begann Gebete zu murmeln, und Rebecca versuchte, nicht zu überlegen, was vielleicht im Haus nebenan passierte.

Es geht mich nichts an, sagte sie sich.

Madeline Hartwick erreichte den Fuß der Treppe. Ihr Mann starrte sie immer noch an, und im hellen Schein des Kronleuchters, der in der großen Eingangshalle von der Decke hing, sah sie deutlich den Haß in Jules' Augen.

»Geh zurück auf dein Zimmer, Celeste«, sagte sie und bemühte sich, nichts von der Furcht zu zeigen, die sie plötzlich überkam. Was auch immer mit Jules geschehen war – welcher Wahnsinn ihn gepackt hatte –, war in den nur paar Minuten, in denen sie fort gewesen war, schlimmer geworden. Sie wollte ihr Entsetzen ihm oder ihrer Tochter nicht zeigen, aber sie mußte Celeste schützen. »Schließ deine Tür ab. Dort wirst du sicher sein.«

Einen Augenblick lang befürchtete sie, Celeste würde nicht auf sie hören, und als sie sah, daß Jules' Blick zur Treppe zuckte, betete sie lautlos.

Tu ihr nichts! Wenn dein Wahnsinn ein Opfer verlangt, dann nimm mich!

Als hätte Jules ihre unausgesprochenen Worte gehört, heftete sich sein Blick von neuem auf sie.

In der folgenden Stille hörte Madeline Celestes Zimmertür zuklappen und nur Sekunden später das Klicken des Schlosses. »Was ist, Jules?« fragte sie sanft. »Was willst du von mir?«

Ohne Warnung schoß Jules' linke Hand vor, packte sie, drehte sie herum und preßte sie an sich. Gleichzeitig sah sie die Klinge eines Messer im Licht des Kronleuchters aufblitzen. Dann spürte sie den kalten Stahl an ihrem Hals, und die Berührung war leicht wie die einer Feder.

Einer tödlichen Feder.

Sie erstarrte.

Dann spürte sie Jules' heißen Atem im Nacken und roch den Whisky, den er den ganzen Tag über getrunken hatte.

»Ich könnte dich töten«, flüsterte er, »ich brauche dir nur die Kehle durchzuschneiden. Es wäre leicht, Madeline. Und du hast es verdient, nicht wahr?«

Als sie nicht antwortete, packte er sie fester, und sie spürte, daß die Messerklinge ihre Haut ritzte. Ihre Gedanken überschlugen sich, und sie fing an zu sprechen. Die Worte sprudelten heraus, hervorgebracht von einem Verteidigungswillen, von dessen Existenz sie gar nichts gewußt hatte. »Ja«, hörte sie sich sagen, »ich dachte, du würdest es nicht herausfinden. Ich dachte, du wärst nicht klug genug. Aber ich habe mich geirrt, Jules. Ich hätte wissen sollen, daß ich dich nicht zum Narren halten kann. Ich hätte wissen sollen, daß du es herausfindest. Und es tut mir leid, Jules. Es tut mir sehr, sehr leid.«

Dann begann sie zu weinen und erschlaffte in seiner Umklammerung. Von neuem packte er sie fester. Er führte sie durch die Halle, durch das Wohnzimmer, das Eßzimmer und die Küche. Als sie an die Treppe zum Kellergeschoß gelangten, spähte Madeline die steilen Stufen hinab auf den Betonboden des Kellers.

»Lügen!« hörte sie Jules in ihr Ohr keuchen. »Alles waren nichts als Lügen, ohne auch nur ein bißchen Wahrheit!« Er ließ sie los, und das Messer verschwand von ihrem Hals, als er sie von sich fortschleuderte. Madeline streckte verzweifelt die Hände aus, tastete nach der Wand, dem Treppengeländer, nach irgend etwas, an dem sie Halt finden konnte.

Da war nichts.

Als sie kopfüber die Treppe hinabstürzte, ließ die in ihr aufgestaute Furcht den Damm der Selbstkontrolle brechen, den sie so mühsam errichtet hatte. Sie schrie ihr Entsetzen heraus, und der Schrei zerriß die Stille im Haus und verstummte eine Sekunde später, als sie mit dem Kopf auf den Betonboden schlug.

Als Madeline reglos am Fuß der Treppe lag, stieg Jules – der mit der Rechten immer noch das Messer umklammerte – langsam in den Keller hinab.

Im Herrenhaus der Hartwicks in der Harvard Street herrschte unheimliche Stille.

Grabesstille.

8

Andrew Sterling tippte zum dritten Mal Celeste Hartwicks Telefonnummer in sein Handy und lauschte mit wachsender Unruhe dem ständigen Klingeln am anderen Ende der Leitung. Als er vor einer Viertelstunde zum ersten Mal Celestes Nummer gewählt hatte, war die Leitung besetzt gewesen. Als er es jedoch von neuem versucht hatte, hatte niemand abgenommen. Es ergab keinen Sinn: Er wußte, daß Celeste heute abend mit ihren Eltern zusammen essen wollte. Warum ging niemand ans Telefon? Die Erinnerung an Jules' merkwürdiges Verhalten in der Bank an diesem Morgen verstärkte nur Andrews wachsende Unruhe. Nach dem zehnten unbeantworteten Klingeln gab er auf. Er wählte die Nummer der Vermittlung. Nach einer halben Minute Warten informierte ihn eine lakonische Stimme: »Vorübergehend kein Anschluß unter dieser Nummer, Sir. Möchten Sie mit dem Reparaturdienst verbunden werden?« Andrew war nicht bereit, sich in eine bürokratische Prozedur verwickeln zu lassen, deren Ende sich vermutlich in irgendeinem Labyrinth verlieren würde.

Er zog einen Parka über das Flanellhemd, in das er nach seiner Heimkehr vor einer Stunde geschlüpft war, aß den letzten Bissen der Mikrowellen-Pizza, die sein Abendessen war, und ging hinaus zu seinem fünf Jahre alten Ford Escort. Er betete, daß die Reifen noch genug Profil hatten, um ihn zum Hartwick-Haus oben in der Harvard Street zu bringen.

Ein paar Schneeflocken fielen, als der Motor des Escort stotternd ansprang. Als Andrew losfuhr, war ein scharfer Wind aufgekommen. Das vorherige Rieseln des Schnees hatte sich schnell zu einem starken Schneefall entwickelt. Er war erst einen Block weit gekommen, als der Abend von wirbelndem Weiß erfüllt war und die Sicht nur noch ein paar Meter betrug. Während sich die Scheibenwischer abmühten, die Windschutzscheibe sauberzuhalten, kroch Andrew gen North Hill und betete, daß der Escort die glatte, schneebedeckte Steigung der Harvard Street schaffen würde.

Celeste hatte das Gefühl, als ob es schon Stunden her wäre, daß sie den fernen, gedämpften Schrei ihrer Mutter gehört hatte, der nur eine Sekunde später verstummt war.

O Gott! Hatte ihr Vater ihrer Mutter etwas angetan?

Sie vielleicht sogar umgebracht?

Aber das konnte nicht sein – oder? Ihre Eltern liebten einander! Aber als sie wie angewurzelt vor ihrer abgeschlossenen Zimmertür stand, sah sie vor ihrem geistigen Auge Bilder von ihrem Vater auftauchen.

Wie heute morgen am Frühstückstisch seine

Augen vor Eifersucht gebrannt hatten, als er seiner Frau wahnsinnige Anschuldigungen ins Gesicht geschleudert hatte ...

Wie sie ihn heute nachmittag, als sie heimgekehrt waren, trinkend in seinem Arbeitszimmer angetroffen hatten ...

Wie er vor ein paar Minuten am Tisch im Eßzimmer nicht nur ihre Mutter, sondern auch sie beschuldigt hatte.

Wahnsinn! Es war alles Wahnsinn!

Er war wahnsinnig!

Sie rüttelte am Türgriff, um sich zu vergewissern, daß das Schloß richtig abgeschlossen war, ging dann zum Fenster und spähte in die Dunkelheit hinaus. Es schneite jetzt stark, und obwohl sie Martha Wards Haus nebenan und sogar das Haus der VanDeventers auf der anderen Straßenseite erkennen konnte, war kein Licht zu sehen. Aber wenn sie schrie, würde sie vielleicht jemand hören. Sie mühte sich mit dem Fenster ab, schaffte es schließlich, es hochzuschieben, und kämpfte dann mit dem Sturmfenster draußen. Aber was nutzte das? Jedes Haus in der Straße hatte einen Windschutz vor dem Fenster. Und selbst wenn sie ihren öffnen konnte, würde ihre Stimme im Schneesturm untergehen.

Raus!

Sie mußte raus! Wenn sie in die Garage und zu ihrem Wagen gelangen konnte ...

Ihr Mut sank, als sie sich erinnerte, daß der Wagen ihrer Mutter noch unter der Toreinfahrt stand. Selbst wenn der Schnee den Zufahrtsweg nicht unpassierbar gemacht hatte, war der Weg durch den Wagen ihrer Mutter blockiert. Aber sie konnte immer noch zu einem Nachbarn flüchten – *irgend jemand* mußte daheim sein; wenn nicht die VanDeventers, dann im Haus nebenan. Martha Ward ging nur aus, um die Kirche zu besuchen, und Rebecca ging nur zu ihrer Arbeit in der Bücherei. Celeste ging zurück zur Tür und hielt lauschend das Ohr daran.

Stille.

Ihre Hand zitterte, als sie den Schlüssel im Schloß drehte. Als es mit einem Klicken aufsprang, kam ihr das unnatürlich laut vor.

Abermals lauschte sie, aber immer noch war es totenstill.

Schließlich wagte sie es, die Tür einen Spalt zu öffnen und auf den Gang hinauszuspähen.

Leer.

Sie trat auf den Gang hinaus und wollte zum oberen Treppenabsatz gehen, doch dann hörte sie unten eine Tür klappen. Celeste verharrte abrupt, dicht genug am Treppenabsatz, um in die Halle hinabzuspähen.

Ihr Vater tauchte aus dem Eßzimmer auf. Celeste hörte, daß er vor sich hin murmelte. Seine Kleidung war mit Blut besudelt. Seine Augen wirkten glasig, als er unvermittelt stehenblieb und aufblickte, so als spüre er ihre Anwesenheit.

»Hure!« schrie er zu ihr hinauf. »Hast du gedacht, ich finde es nie heraus?«

Er war jetzt am Fuß der Treppe. Celeste stockte der Atem, als er die Treppe hinaufstürmte, immer zwei Stufen auf einmal nehmend. In Panik flüchtete sie in ihr Zimmer, knallte die Tür zu, schloß ab und sank dann mit hämmerndem Herzen gegen die dicke Mahagonitür.

Erst als sie ihren Vater am Türgriff rütteln hörte, erkannte sie, daß sie einen Fehler begangen hatte. Statt in ihr Zimmer zu flüchten, hätte sie daran vorbei zur Hintertreppe laufen sollen. Jetzt wäre sie längst aus dem Haus und auf der Straße.

Sie wäre in Sicherheit.

Statt dessen saß sie in ihrem Zimmer in der Falle wie ein Vogel im Käfig.

Wie hatte sie so dumm sein können?

Ihr Vater hörte mit dem Rütteln am Türgriff auf, und es herrschte wieder Stille. Celeste blieb, wo sie war, und lauschte angespannt. War er noch draußen? Sie wußte es nicht. Sekunden vergingen, wurden zu Minuten. Sollte sie es riskieren, die Tür aufzuschließen und nach draußen zu spähen? Aber als sie die Hand nach dem Türgriff ausstreckte, erstarrte sie. Sie konnte deutlich seine Anwesenheit auf der anderen Seite der Tür und seinen wahnsinnigen Zorn spüren, als ströme er durch das Holz, um sie einzuhüllen.

»Papa?« flüsterte sie. »Papa, bitte. Sag mir, was los ist. Sag mir, was mit dir passiert ist. Ich liebe dich, Papa. Ich liebe dich ...«

Sie verstummte, als etwas Hartes und Schweres gegen die Tür krachte. Bei der Wucht des Schlages, unter dem die Tür erbebte, erschrak Celeste und sprang zurück. Während sie auf die Tür starrte und zu ergründen versuchte, was auf der anderen Seite geschah, hörte sie das Geräusch erneut.

Ein Hämmern!

Er schlug mit einem Hammer gegen die Tür!

Wollte er sie aufbrechen?

Das Hämmern hörte kurz auf und begann von neuem. Und plötzlich erkannte Celeste, daß er überhaupt nicht versuchte, die Tür aufzubrechen!

Er nagelte sie zu.

Eine Woge der Hoffnungslosigkeit überschwemmte sie. Die Telefonleitungen waren tot, der Schnee war zu stark, und die Nachbarn waren zu weit entfernt, um ihre Hilferufe zu hören.

Wie hatte sie nur so dumm sein können?

Andrew Sterling lenkte automatisch gegen, als der Escort ins Schlingern geriet, links ausbrach und gegen einen der parkenden Wagen zu rutschen drohte. Dann hatten die Reifen wieder Bodenhaftung. Andrew versuchte nicht mehr, auf der rechten Seite der Harvard Street zu bleiben. Er fuhr mitten auf der Straße langsam den Hügel hinauf. Im Schnee, der plattgewalzt war und glatt wurde, drohte ihm die Kontrolle über den Wagen immer wieder zu entgleiten. Als er endlich die Toreinfahrt zum Herrenhaus der Hartwicks im Schneegestöber erkennen konnte, war sein Körper verkrampft, und seine Hände schmerzten, weil er das Lenkrad zu fest umklammert hatte. Aber schließlich schaffte er es, in den Zufahrtsweg einzubiegen. Er hielt nahe beim Tor, stieg aus und machte sich auf den Weg zum Haus, das voll beleuchtet war. Noch als er sich näherte, wurden weitere Lichter im Obergeschoß eingeschaltet, doch als er die Treppe zur Veranda hinaufstieg und an der Haustür klingelte, öffnete niemand.

Aber es mußte jemand zu Hause sein.

Madelines Cadillac stand unter der Toreinfahrt, und jemand hatte die Lampen im Obergeschoß eingeschaltet.

Er klingelte von neuem, wartete ein paar Sekunden lang und versuchte dann, den Türgriff zu drehen. Die Tür war abgeschlossen.

Andrew zog die Kapuze seines Parkas hoch und stapfte im Schneetreiben durch den hohen Schnee, der bis zum Morgen den Zufahrtsweg völlig blockieren würde. Er klopfte, so fest er konnte, gegen die Küchentür und rief etwas, doch sogar für ihn klangen seine Worte durch das Schneegestöber und den Wind gedämpft, und er war überzeugt, daß sie für jemanden im Haus unhörbar waren. Zuerst wollte er sich abwenden und zur Haustür zurückgehen, doch dann besann er sich anders.

Jemand war im Haus, aber niemand öffnete die Tür.

Die Telefone funktionierten nicht.

Und mit Jules Hartwick war an diesem Morgen etwas nicht in Ordnung gewesen.

Andrew Sterling traf eine Entscheidung. Er trat drei Schritte zurück, nahm Anlauf und warf sich mit der linken Schulter gegen die Küchentür. Die Tür hielt zwar stand, doch er hörte das Splittern von Holz. Beim zweiten Versuch gab der Türrahmen nach, und die Tür flog auf.

Andrew Sterling betrat die Küche.

Im ersten Augenblick wirkte alles normal. Dann sah er sie.

Flecken auf dem Boden.

Rote Flecken.

Blutrote.

Sein Puls beschleunigte sich. Er folgte der Blutspur durch das Anrichtezimmer, das Eßzimmer, das Wohnzimmer und in die Halle.

Die Blutspur endete am Fuß der Treppe.

Andrew verharrte. Im Haus war es zwar totenstill, doch er spürte die Gefahr ringsum.

Gefahr und Furcht.

»Celeste?« rief er. »Celeste!«

»Andrew?« Ihre Stimme erklang entfernt und gedämpft irgendwo aus dem Obergeschoß. Andrew raste die Treppe hinauf und rief von neuem nach Celeste, als er oben war. Die Worte erstarben auf seinen Lippen, als er die Tür ihres Zimmers sah.

Nägel – drei – waren unbeholfen und schief in das Holz geschlagen worden, um die Tür an den Rahmen zu nageln. Andrew rüttelte am Türgriff. »Celeste? Alles in Ordnung?«

»Es – es ist – Vater!« stammelte Celeste. »Er ist – o Gott, Andrew, er ist verrückt geworden! Er hat Mutter etwas angetan und ...«

»Schließ die Tür auf«, sagte Andrew.

Als er das Klicken des Schlosses hörte, warf er sich sofort mit der Schulter dagegen, doch der dicke Mahagonirahmen war stärker als der Rahmen der Küchentür. Als das Holz schließlich splitternd nachgab und er die Tür öffnen konnte, schmerzte seine Schulter, und er rang um Atem.

»Wo ist deine Mutter?« fragte er und ignorierte den Schmerz, der durch seine Schulter schoß, als Celeste sich schluchzend an ihn preßte.

»Ich weiß nicht – unten, glaube ich. Sie waren am Fuß der Treppe, und er – er hatte ein Messer und ...«

Andrew unterdrückte ein Stöhnen. Er war der Blutspur in der falschen Richtung gefolgt. Jules mußte Madeline in den Keller gebracht haben. »Wo ist er jetzt?« fragte Andrew drängend.

»Ich – ich weiß es nicht«, stammelte Celeste. »Er hat meine Tür vernagelt, und dann – o Gott, Andrew, ich weiß es nicht!«

Plötzlich erinnerte sich Andrew. Die Beleuchtung. Jules mußte die Lampen eingeschaltet haben. Wenn er noch hier oben war ...

Beide erstarrten, als sie Schritte hörten.

Schritte von oben.

»Er ist oben«, flüsterte Celeste. »Was machen wir? Hat er Mutter dort raufgebracht?«

»Er hat sie in den Keller gebracht«, sagt Andrew. »Komm. Wir müssen sie finden und verschwinden!«

Halb zog, halb stützte Andrew Celeste. Er führte sie die Treppe hinunter und dann in die Küche. Als sie an die Tür zum Keller gelangten, hielt er Celeste an den Schultern und schaute ihr in die Augen. »Ich gehe nach unten und versuche, deine Mutter zu finden. Wenn du deinen Vater runterkommen hörst, lauf nach draußen.« Er zog die Autoschlüssel aus seiner Hosentasche. »Mein Wagen steht auf der Zufahrtsstraße. Ich werde versuchen, dich einzuholen, aber wenn ich das nicht schaffe, nimm den Wagen und fahr weg.«

Celeste schüttelte den Kopf. »Nein. Ich lasse dich und Mutter nicht mit ihm allein.«

Andrew setzte zu einem Einwand an, besann sich dann jedoch anders, weil er wußte, daß es sinnlos war. »Ich komme so schnell wie möglich zurück.« Er ließ Celeste stehen und eilte die Kellertreppe hinab.

Er fand Madeline im Waschraum auf dem Boden. Ihr Kleid war blutgetränkt, und ihre Handgelenke und Knöchel waren mit Isolierband gefesselt. Ein weiteres Stück Isolierband verschloß ihren Mund.

Ihre Augen waren geschlossen, und sie lag reglos da. Einen Moment lang befürchtete Andrew, daß sie tot war. Als er sich jedoch niederkniete und einen Finger an ihren blutigen Hals hielt, spürte er, daß ihr Herz schlug. Er riß das Isolierband von ihrem Mund, hob sie auf und trug sie die Treppe hinauf. Einen Augenblick später betrat er die Küche. Celeste eilte ihnen mit bleichem Gesicht entgegen.

»Mami?« Unbewußt benutzte sie das Wort, das sie seit ihrer Kindheit nicht mehr gesagt hatte. Ihr Blick zuckte zu Andrew. »Ist sie ...?« Sie konnte nicht mehr weitersprechen.

»Sie lebt«, sagte Andrew. »Wir müssen sie ins Krankenhaus bringen.«

Mit Madeline auf den Armen folgte Andrew Celeste durchs Eß- und Wohnzimmer und in die Halle. Celeste öffnete die Haustür. In diesem Moment ertönte ein zorniger Aufschrei von der Treppe her.

»Bastard!« brüllte Jules. »Wie kannst du es wagen herzukommen?« Er stand auf der Treppe und hielt mit einer Hand das Messer und mit der anderen etwas, das wie eine Halskette ausah.

Einen Augenblick lang war Andrew wie erstarrt, doch dann erwiderte er Jules Hartwicks irren Blick. »Ich bringe sie von Ihnen fort, Mr. Hartwick«, sagte er sehr ruhig. »Versuchen Sie nicht, mich aufzuhalten.«

»Verräter!« stieß Jules Hartwick wütend hervor. »Hurensohn. Ehebrecher. Ich sollte euch alle umbringen. Und ich könnte es, Andrew. Ich könnte dich so leicht umbringen, wie ich der Hure die Kehle durchschneide.« Er kam langsam die Treppe herunter und ließ Andrew nicht aus den Augen.

Celeste, noch an der Tür, starrte entsetzt ihren Vater an. Es war nichts mehr von dem Mann übriggeblieben, den sie bis gestern gekannt hatte. Die Person, die sich jetzt langsam näherte, aus deren Mundwinkel Speichel lief, deren Haar am Kopf klebte und deren Augen wahnsinnig glitzerten, hatte überhaupt keine Ähnlichkeit mehr mit ihrem Vater. »Schnell, Andrew«, sagte sie. »Bitte!«

Sie zog die Haustür auf, taumelte in den Schnee hinaus und lief zu Andrews Wagen. Andrew, der immer noch Madelines bewußtlosen Körper auf den Armen hielt, schritt auf die Veranda hinaus. Dann wandte er sich um und blickte noch einmal zu Jules. Der war jetzt am Fuß der Treppe und näherte sich der Tür.

Wortlos machte Andrew kehrt und eilte in die Dunkelheit hinaus. Als Andrew bei seinem Wagen war, tauchte Jules auf der Veranda auf. »Lügner!« schrie er. »Betrüger! Ich bringe euch alle um! Ich schwöre, ich bringe euch alle um!«

Während Andrew Madeline auf die Rückbank bettete und dann neben Celeste auf den Beifahrersitz schlüpfte, taumelte Jules den Zufahrtsweg herunter auf sie zu und brüllte Flüche und Verwünschungen, das Messer hoch erhoben. Celeste legte den Rückwärtsgang ein und setzte aus dem

Zufahrtsweg zurück. Jules sprang auf den Wagen zu, aber er kam zu spät. Er stürzte kopfüber in den Schnee und rappelte sich auf die Knie auf.

»Celeste, warte«, sagte Andrew, als Jules geblendet in das Scheinwerferlicht starrte. »Vielleicht sollten wir ihm helfen. Vielleicht ...«

Aber Celeste gab Gas, setzte den Wagen zurück und drehte, bis die Schnauze hügelabwärts wies. »Nein«, sagte sie, als sie den Hang hinunterfuhr. »Das ist nicht Papa. Das ist ein Fremder.«

Als Jules Hartwick dem Wagen nachschaute, wie er im Schneetreiben verschwand, stieß er einen weiteren wütenden Schrei aus. Seine linke Hand umschloß das Medaillon und schleuderte es mit einem Aufschrei der Enttäuschung in ohnmächtiger Wut hinter dem davonfahrenden Wagen her.

Und als sich seine Hand von dem Medaillon löste, wurde sein Kopf klar.

Die Paranoia, die ihn um den Verstand gebracht hatte, verschwand so plötzlich, wie sie ihn befallen hatte.

Aber die Erinnerung an das, was er getan hatte, verschwand nicht.

Jedes Wort, das er gesagt hatte, jede seiner Anschuldigungen hallten in seinem Kopf nach. Aber was ihn am meisten entsetzte, war das Bild, das er vor seinem geistigen Auge sah.

Das Bild von Madeline, die reglos, mit blutendem Hals und verdrehtem Genick am Fuß der Treppe lag.

Schluchzend rappelte sich Jules Hartwick auf. Er schleppte sich über den Zufahrtsweg und streckte die Hand, die noch vor Sekunden das Medaillon gehalten hatte, aus, wie um den Wagen zurückzurufen, in dem alles davonfuhr, was er jemals geliebt hatte. Dann stand er auf der Straße und schaute den Rücklichtern des Wagens nach, bis sie verschwunden waren. Er wandte sich um und ging in die andere Richtung.

Und einen Augenblick später verschwand auch er in der verschneiten Nacht.

9

»Lügner! Betrüger! Ich bringe euch alle um! Ich schwöre, ich bringe euch alle um!«

Obwohl die wütend hervorgestoßenen Worte nur durch das geschlossene Fenster, dessen Vorhänge zugezogen waren, in Martha Wards Kapelle drangen, schnitten sie durch den Gregorianischen Choral und rissen Rebecca Morrison aus ihren Träumereien, in die sie bei den gemurmelten Gebeten ihrer Tante verfallen war. Ihre Knie schmerzten, als sie sich aufrichtete. Rebecca ging zum Fenster und zog den Vorhang etwas zur Seite, um einen Blick auf das Haus nebenan zu erhaschen.

Alles Licht war eingeschaltet, selbst die kleinen Dachfenster leuchteten hell durch den fallenden Schnee. Ein Auto – Rebecca war sich fast sicher, daß es Andrew Sterlings Wagen war – setzte aus dem Zufahrtsweg zurück. Einen Moment lang war sich Rebecca nicht sicher, woher die wütend geschrienen Worte gekommen waren, aber dann tauchte Jules Hartwick plötzlich im Scheinwerferlicht des Wagens auf.

Er taumelte den Zufahrtsweg herunter. Durch das Wirbeln der Schneeflocken konnte Rebecca sein verzerrtes Gesicht erkennen.

Und das Messer, das er in der hoch erhobenen Hand hielt.

Rebecca beobachtete wie versteinert, daß er

auf den zurücksetzenden Wagen zutaumelte und dann in den Schnee stürzte.

Als er sich aufrappelte, wie ein verwundetes Tier aufheulte und davontaumelte, überschlugen sich Rebeccas Gedanken.

Was war nebenan passiert?

Hatte Mr. Hartwick jemanden umgebracht?

Wer war in dem Wagen gewesen?

Ruf an!

Sie mußte jemanden anrufen.

Rebecca ließ den Vorhang zufallen, wich vom Fenster zurück, wandte sich um – und stand ihrer Tante gegenüber.

Martha, deren Augen nach ihren Gebeten verzückt geglänzt hatten, starrte sie wütend an. »Wie kannst du es wagen!« zischte die ältere Frau. »Wie kannst du genau die Sünde begehen, für die du um Vergebung bittest! Und auch noch in der Kapelle!«

»Aber es ist etwas passiert, Tante Martha. Mr. Hartwick hat ein Messer und ...«

»Schweig!« donnerte Martha und legte ihrer Nichte einen Finger auf den Mund. »Ich will die Kapelle nicht durch dich Klatschbase entweihen lassen. Ich lasse nicht zu, daß ...«

Aber Rebecca hörte nicht mehr hin. Sie wischte die Hand ihrer Tante von ihrem Mund fort, eilte aus der Kapelle und lief zum Wohnzimmer auf der anderen Seite der Halle. Dort nahm sie den Telefonhörer ab und wollte den Notruf wählen, doch dann zögerte sie.

Was war, wenn sie sich irrte? In ihrem Kopf hallte alles wider, was ihr im Laufe der Jahre beigebracht worden war, zuerst von ihrer Tante, dann von der Bibliothekarin Germaine Wagner, dann von fast jedem, den sie kannte.

»Du verstehst es nicht, Rebecca.«

»Keiner erwartet mehr von dir, als du kannst, Rebecca.«

»Es ist schon gut, Rebecca, du brauchst nicht immer zu verstehen, was los ist ...«

»Tu einfach, was dir gesagt wird, Rebecca.«

»Du verstehst es nicht, Rebecca!«

Aber sie wußte, was sie gesehen hatte! Mr. Hartwick hatte ein Messer in der Hand gehalten und ...

»Du verstehst es nicht, Rebecca. Du verstehst es nicht ...«

Ihre Hand verweilte über dem Telefon. Und wenn sie sich irrte? Dann würde nicht nur Tante Martha böse auf sie sein. Die ganze Stadt würde sich über sie ärgern! Wenn sie die Polizei anrief und Mr. Hartwick in Schwierigkieten brachte ...

Oliver!

Sie konnte Oliver anrufen! Er sagte ihr nie, daß sie nichts verstand oder sich keine Gedanken über etwas machen sollte. Oliver behandelte sie nie wie ein Kind. Sie nahm den Telefonhörer ab und wählte Olivers Nummer. Nach dem vierten Klingeln meldete er sich.

»Oliver? Ich bin's, Rebecca.«

Oliver Metcalf hörte aufmerksam zu, als Rebecca ihm erzählte, was sie gesehen hatte. Während sie redete, rief er sich Ed Beckers Besuch an diesem Morgen in seinem Büro in Erinnerung, bei dem der Anwalt angedeutet hatte, daß sich Jules Hartwick sonderbar benahm. Becker hatte zwar nicht ganz damit herausrücken und das Kind beim Namen nennen wollen, doch für Oliver hatte es geklungen, als hätte Jules einen Nervenzusammenbruch. »Ich möchte, daß Sie folgendes tun«, sagte Oliver jetzt zu Rebecca. »Ich möchte, daß Sie Ed Becker anrufen. Er ist Jules Hartwicks Anwalt. Erzählen Sie ihm genau das, was Sie mir erzählt haben, und machen Sie sich keine Sorgen, was er vielleicht darüber denken könnte. Was auch immer bei den Hartwicks passiert ist, Ed Becker wird helfen. In Ordnung?«

»Aber wenn ich mich irre, Oliver?« fragte Rebecca besorgt. »Tante Martha sagt immer ...«

»Machen Sie sich keine Sorgen darüber, was Tante Martha sagt«, beruhigte Oliver sie. »Wenn Sie sich irren, wird es keiner außer Ed und mir erfahren, und Sie wollen nur helfen. Rufen Sie Ed an, und ich werde dort sein, sobald ich kann.« Er suchte Ed Beckers Telefonnummer aus dem Verzeichnis und las sie Rebecca zweimal zum Mitschreiben vor. Er wollte gerade auflegen, als er etwas im Hintergrund hörte. »Rebecca? Höre ich da eine Sirene?«

»Ein Wagen mit Sirene kommt die Straße herauf«, sagte Rebecca. »Moment.« Er hörte, daß sie den Hörer ablegte. Dann nahm er zunehmend lauter das Heulen der Sirene wahr. Schließlich meldete sich Rebecca wieder.

»Es ist die Polizei«, sagte sie. »Ein Streifenwagen hält soeben vor dem Haus der Hartwicks.«

»In Ordnung«, sagte Oliver. »Rufen Sie Ed Becker an. Ich mache mich sofort auf den Weg. Wir sehen uns dann gleich.«

Oliver legte den Hörer auf und nahm seinen Anorak vom Haken. Als er den Anorak anzog, klingelte das Telefon erneut. Diesmal war es Lois Martin.

»Oliver«, sagte sie. »Andrew Sterling und Celeste Hartwick haben Madeline soeben zum Krankenhaus gebracht. Offenbar hat Jules versucht, sie zu ermorden. Er wollte ihr die Kehle durchschneiden.«

»O Gott!« stöhnte Oliver. »Ist sie ... Wie geht es ihr?«

»Ich hoffe, sie wird gesund.« Lois seufzte. »Sie hat eine Menge Blut verloren, und man weiß noch nicht, ob sie innere Verletzungen hat, aber im Krankenhaus glaubt man, sie wird überleben. Die Stationsschwester rief mich an. Ich gehe jetzt rüber, um zu hören, was ich in Erfahrung bringen kann.«

»Gut«, sagte Oliver. »Die Polizei ist soeben beim Haus der Hartwicks eingetroffen. Ich mache mich jetzt auf den Weg dorthin. Wir reden später miteinander.«

Bevor das Telefon noch einmal klingeln

konnte, stieg er in den Wagen, schaltete mit einer Hand die Zündung ein und drückte mit der anderen auf den Knopf der Fernbedieung, um das Garagentor zu öffnen. Er gab ein paarmal Gas im Leerlauf, als das Tor langsam hochging, und eine Rauchwolke quoll aus dem Auspuff. Er legte den Rückwärtsgang ein, setzte aus der Garage zurück und wendete in weitem Kreis, um den Zufahrtsweg hinunterzufahren. Aber mitten in der Drehung, als das Scheinwerferlicht über die Fassade der Irrenanstalt strich, bemerkte er etwas. Er trat auf die Bremse. Die Reifen verloren sofort die Bodenhaftung, der Wagen drehte sich im Schnee, und das Gebäude war wieder dunkel. Oliver fluchte und lenkte den Volvo wieder so herum, daß die Scheinwerfer von neuem das Gebäude beleuchteten, das ungefähr fünfzig Meter entfernt auf dem Hügel aufragte.

Etwas – *jemand* – war vor dem Portal.

Einen Augenblick lang, nur für einen Moment, war Oliver verwirrt. Aber dann glänzte etwas in der rechten Hand der Gestalt im Scheinwerferlicht, und plötzlich verstand er.

Er zog die Handbremse an, ließ den Motor laufen, stieg aus und lief den Hang zur Irrenanstalt hinauf. Er rutschte im Schnee aus, stolperte und fiel auf die Knie. Als er sich aufrappelte, hob die Gestalt vor dem Portal das Messer. »Nein!« schrie Oliver. »Jules, tun Sie es nicht!«

Aber es war zu spät. Während Oliver hilflos zuschaute, beschrieb das Messer einen Bogen nach unten, und die Klinge bohrte sich tief in Jules Hartwicks Bauch.

Oliver richtete sich taumelnd auf und stapfte durch den Schnee. Bei jedem Schritt schienen seine Füße tiefer in Schnee und Matsch einzusinken. Oliver hetzte weiter und fühlte sich in einem schrecklichen Alptraum gefangen. Schließlich gelangte er zum Portal.

Jules Hartwick, dessen Kleidung bereits mit seinem Blut getränkt war, hockte zusammengesunken am Portal der ehemaligen Irrenanstalt. Als sich Oliver näherte, spannten sich Jules' Finger um den Messergriff, und mit entsetzlicher Mühe riß er es aus seinem Bauch. Als Blut aus der klaffenden Wunde schoß, starrte er zu Oliver empor. Seine Lippen bewegten sich krampfartig, und dann kamen gekrächzte Laute aus seiner Kehle.

»Das Böse ...«, flüsterte er. »Rings um uns.« Er schloß die Augen und stöhnte leise, doch dann öffnete er sie wieder und heftete den Blick flehend auf Oliver. »Halten Sie es auf, Oliver. Sie müssen es aufhalten – bevor ...«, er atmete rasselnd ein, »... bevor es uns alle umbringt ...« Sein Körper bäumte sich auf, und sein Blick brach.

Im Tode glitt Jules Hartwick das Messer aus der Hand. Es fiel gegen das Portal und verursachte ein unheimliches Poltern in der plötzlich stillen Nacht.

Lange Zeit kniete Oliver neben Jules Hartwicks Leiche. Schließlich richtete er sich auf und ging langsam zu seinem Haus zurück. Bei jedem Schritt glaubte er Jules Hartwicks letzte Worte von neuem zu hören.

»Sie müssen es aufhalten ... bevor es uns alle umbringt.«

Wie sollte er Jules' letzten Wunsch erfüllen, wenn er keine Ahnung hatte, was die Worte bedeuteten?

Mitternacht. Die dunkle Gestalt bewegte sich lautlos wie ein Gespenst durch die Schwärze der Irrenanstalt und verharrte schließlich bei der versteckten Kammer, in der die Schätze lagen. Wieder war Vollmond, und die Kammer wurde in ein fahles Licht getaucht, das der dunklen Gestalt erlaubte, ihre Sammlung zu bewundern.

Ihre Hand mit dem Latex-Handschuh berührte ein Objekt nach dem anderen und verweilte schließlich auf einem goldenen Gegenstand, der sogar im schwachen Licht hell funkelte.

Es war ein verziertes Feuerzeug in Form eines Drachenkopfes. Rubinrote Juwelen waren als Augen in den Kopf eingearbeitet, und das Maul war leicht geöffnet. Als die behandschuhte Hand auf einen Knopf im Nacken des Drachenkopfs drückte, entflammte tief in seiner Kehle ein Funke, und eine Flammenzunge zuckte aus dem Rachen. Die orangefarbene Flamme flackerte in der Dunkelheit, während die dunkle Gestalt nachdachte.

Sie wußte bereits, für wen das Geschenk bestimmt war; die Frage war nur, wie er es hinbeförderte.

Die Hand der dunklen Gestalt löste sich vom Nacken des Drachen.

Die Flamme flackerte und erlosch.

Bald – sehr bald – würde sie wieder brennen.

Und dann würde der Drache zuschlagen.

FORTSETZUNG FOLGT